KB272002

생각이 쉬는 사이

이미 온전한 나의 발견

혜민 지음

생각이 쉬는 사이

이미 온전한 나의 발견

혜민 지음

불광출판사

생각이 쉴 때
이미 온전하고 자유로운
나를 발견합니다.

_________________________ 님께

_________________________ 드림

혜민

두 손 모아

우리를 가두고 있다고 믿어 온 감옥은
원래부터 문이 항상 열려 있었습니다.
생각이 쉬면 감옥 창살도 사라집니다.

생각이 많아 잠 못 드는 당신에게

퇴근길 지하철 안,
사람에 떠밀려 서 있는 채로
단톡방 알림이 연달아 울립니다.
"오늘도 수고했어" 같은 말은 없고,
내일 아침 회의 자료와
상사의 한 줄 피드백이 또 올라옵니다.
"이건 내일 애기해도 되지 않나?" 싶은데,
머릿속은 벌써 내일의 표정과
분위기를 상상하며 바빠집니다.

집에 도착해 샤워를 하고 침대에 누우면,
그제야 하루가 끝나야 할 것 같은데

오히려 그때부터가 시작됩니다.
오늘 상사가 던진 한마디, 동료의 무심한 표정,
연인의 느릿한 답장 속도가 동시에 떠오르며
마음에 작은 가시처럼 걸립니다.
딱히 큰일이 있었던 것도 아닌데,
가슴 한쪽이 계속 불편하게 남아 있습니다.
그럴 때 우리는 보통 이렇게 결론을 내립니다.
"내가 요즘 너무 예민해졌나 봐."
"마음이 약해서 그런 거겠지."
"이제는 좀 단단해져야겠다."
그래서 더 열심히 일하고, 운동도 더 하고,
더 '괜찮은 사람'이 되기 위해 애를 쓰게 됩니다.

자격증도 따고,
가족들도 잘 돌보며,
이런저런 공부도 계속하면서
조금만 더 버텨 보려고 합니다.

그런데 이상하게도, 그렇게 애쓸수록
마음은 더 남들보다 뒤처진 것 같고,
상사나 동료의 작은 말 한마디에도
더 자주 흔들리는 날이 많아집니다.

정말 내가 유난해서 그런 걸까요?
정말 나만 마음이 약해서
이렇게 자주 힘든 걸까요?

상황이 좋아져도 늘 불안한 나를 위한 글

이 책은 이런 말을 건네고 싶어요.
당신이 너무 예민하고 부족해서가 아니라,
마음이 **너무 애써서** 그럴지 모른다는 것입니다.
문제가 '나'라는 사람 자체가 아니라,
마음이 자동으로 **작동하는 방식**에 있을 수 있습니다.

우리가 겪는 많은 괴로움은
사건 그 자체에서 시작되지 않습니다.
상사가 인사를 받지 않고 지나간 일,
연인이 답장을 조금 늦게 한 일,
명절 식탁에서 친척이 던진 한마디.
사실만 놓고 보면 그저 "그 일이 있었다"일 뿐인데,
그 뒤에 이어지는 해석과 상상, 과거의 생각들이
괴로움을 몇 배로 키웁니다.

직장에서는 상사의 표정 하나에 하루가 흔들리고,
연애에서는 카톡의 온도와 속도에
내 기분이 좌우되는 것처럼 느껴집니다.
가족과의 대화에서는 여전히 어린 시절의
서운함이 현재형으로 튀어나와,
사소한 말에도 마음이 출렁거립니다.

가까이에서 보면,
이 모든 괴로움에는 일정한 패턴이 있습니다.

사건보다 먼저 달려가는 생각들,
과거의 렌즈를 끼고 현재를 보는 버릇,
아직 오지도 않은 미래를 앞당겨
걱정하는 마음의 습관입니다.

이 책은 바로 그 패턴을 함께 들여다보는 것에서 출발합니다.
"내가 이상해서 그런 게 아니었구나",
"마음이 원래 이렇게 움직이는 거였구나" 하고 깨달을 때,
우리는 나를 탓하는 생각들 속에서 한 걸음 벗어나
마음을 있는 그대로 바라볼 수 있게 됩니다.

그리고 그 순간, **생각이 쉬는 사이**
문득 드러나는 것이 있습니다.

애쓰지 않아도,
완벽해지지 않아도,
더 나은 사람이 되지 않아도,
나는 **이미 자유롭고 온전한 존재**였다는 사실입니다.

이 발견은 먼 산속 수행처에서만
일어나는 특별한 일이 아닙니다.
퇴근길 지하철 안에서도,
침대에 누워 천장을 바라보는 순간에도,
생각이 잠깐 쉬어갈 틈만 주면 조용히 드러납니다.

지금 이 책을 펼친 독자님은
어쩌면 마음 한구석에 조금은
다르게 살아보고 싶은 작은 소망이 있을 수 있습니다.

이 책이 그 길을 함께 걷는
조용한 동반자가 될 수 있었으면 좋겠습니다.

"내가 문제"라는 오래된 결론에서 잠시 물러나,
"상황이 좋아져도 여전히 불안한 나"를 이해하고,
생각이 쉬는 그 짧은 사이에 발견되는
온전하고 자유로운 나를 먼 미래가 아닌
지금 여기에서 만나보세요.

이 여정을 저와 함께 천천히 시작해 봅시다.

2026 병오년에
혜민 두 손 모아

목 차

생각은 본래
시끄럽고 분열적이어서
문제를 찾는 데는 아주 능숙하지만
마음의 평화를 가져다주는
일에는 젬병입니다.

심신이 편안하고
만족스러울 때 마음에
이런저런 생각들이 복잡하게 많던가요,
아니면 생각은 별로 없이
고요하던가요?

첫 번째 장

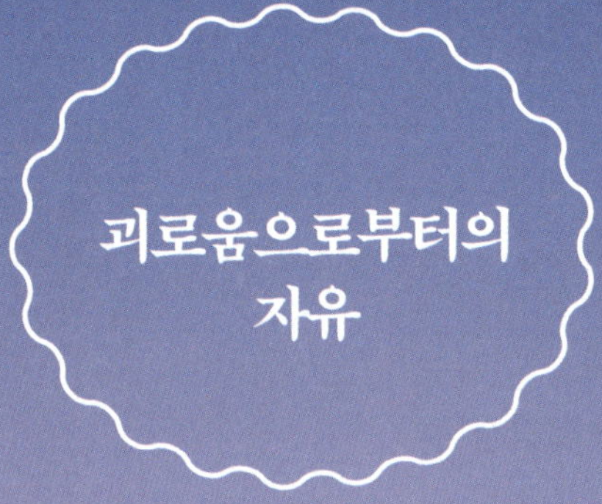

괴로움으로부터의
자유

첫 번째 장에 들어가며
_마음이 어떻게 나를 괴롭히는가

우리가 괴로울 때
대부분은 이렇게 생각합니다.
'저 사람 때문에 힘들어.'
'이 상황이 문제야.'

하지만 조금만 더 들여다보면
우리를 괴롭게 만드는 것은
사람이나 상황 그 자체가 아니라,
그 위에 덧붙여진
내 생각, 내 해석인 경우가 훨씬 많습니다.

예를 들어,
직장에서 상사가 인사도 없이 지나갔다고 해봅시다.

사실은 단 하나입니다.
"상사가 그냥 지나갔다."

하지만 마음은 곧바로 이야기를 덧붙입니다.
'내가 뭘 잘못했나?'
'왜 나만 무시하지?'
'혹시 나를 싫어하나?'

괴로움을 만드는 건
'지나갔다'는 사실이 아니라,
그 뒤에 이어진 해석과 추측입니다.

이런 일은 특별한 사람에게만 일어나는 게 아닙니다.
우리 마음은 하루에도 몇 번씩
이 자동 반응을 반복합니다.

1
괴로움은
내 '해석'에서 시작된다

사실은 단순하지만, 마음은 복잡하게 만든다

한 심리 상담자는 이렇게 말했습니다.
"사람들이 실제로 다투는 것은
사건이 아니라
그 사건에 대한 해석이다."

사실은 작은 점 하나인데,
마음은 그 점에 해석을 덧칠해
커다란 그림을 만들어 냅니다.

○ 지인이 약속 날짜 변경을 요청할 때
  '내 우선순위는 한참 아래인가?'

○ 퇴근 후 배우자의 표정이 어두울 때
  '내가 최근에 뭔가 잘못했나?'

○ 주말여행 아침에 비가 올 때
  '나는 뭘 하려고만 하면 항상 운이 안 좋아.'

사실은 짧은 한순간인데,
마음의 해석은
나에 대한 평가와 불안,
미래에 대한 걱정으로까지
순식간에 번집니다.

감정은 지나가는 구름이다

감정이 올라오면
우리는 자주
그 감정을 현실 전체로 착각합니다.

슬프면
'나는 늘 불행해.'
불안하면
'뭔가 큰일이 날 것 같아.'
외로우면
'나는 원래 사랑받지 못해.'

하지만 감정은
잠시 머물다 사라지는
마음의 날씨와 같습니다.

비 오는 날이 있다고 해서
하늘이 늘 비가 오는 것은 아니듯,
불안한 감정이 있다고 해서
내 삶 전체가 불안한 것은 아닙니다.

그럼에도 우리는
그 순간의 감정에 이름을 붙이고,
그 이름으로 나를 규정해 버립니다.

사실이 아니라
지나가는 감정에 대한
해석일 뿐인데도 말이죠.

예시 1: 보고 메일의 하루

밤늦게 야근까지 하면서
팀장에게 정리해 보낸 보고 메일.
다음 날이 지나도록 답이 없습니다.

사실은 이것뿐입니다.
"메일을 보냈고, 아직 답이 없다."

하지만 마음은 가만있지 않습니다.
'보고서에 무슨 문제가 있나?'
'나를 능력 부족이라고 생각하나?'
'아직 나를 신뢰하지 못하는 건가?'
'이번에도 승진 떨어지면 안 되는데….'
'지난 미팅에서 내가 너무 나댄 것 같아.'

그러다 퇴근 직전
팀장에게서 "굿, 👍(엄지척)"이라는 답장이 옵니다.

겉으로 보면
아무 일도 없었습니다.

하지만 나는 이미
하루 종일
불안과 눈치로
에너지를 다 써버렸습니다.

나를 지치게 한 것은
'답이 없었다'는 사실이 아니라,
그 사이를 채운
마음속 이야기였습니다.

예시 2: 단톡방의 침묵

단체 채팅방에서
다른 사람들의 유머 메시지에는
반응이 이어지는데,
내가 용기를 내서 보낸
웃긴 메시지 이후로
대화가 뚝 끊깁니다.

사실은 이것뿐입니다.
"내 메시지 이후 대화가 멈췄다."

하지만 마음은 곧바로 말합니다.
'안 웃긴가 보다.'
'괜히 말했어.'
'역시 나는 존재감 제로.'

실제로는
모두가 그저 각자 할 일을 하느라
반나절 후에야 반응을 올릴 수도 있습니다.

우리를 아프게 하는 건
단톡방의 침묵이 아니라,
그 침묵을 해석하는
내 마음입니다.

왜 마음은 이렇게 반응할까?

우리의 뇌는
아직도 생존 중심으로 작동합니다.
과거의 경험과 상처를
데이터처럼 저장해 두었다가,
비슷한 상황이 오면
자동으로 불러옵니다.

'예전에 이런 일이 있을 때
결국 내가 상처를 받았잖아.'

마음은 내 생존에 조금이라도
위험할 것 같은 것으로부터
나를 보호하려 주의를 주지만,
그 과정에서 실제 상황보다
훨씬 큰 괴로움을 만들어 냅니다.

옛 스승들은
이런 자동 반응을
'알음알이'라고 불렀습니다.
이미 아는 방식으로만
세상을 해석하는 마음의 습관입니다.

사실과 해석을 구분해 보는 연습

다음 상황을 한번 나누어 봅시다.

○ 사실
"약속에 상대가 조금 늦는다."

○ 해석
'나를 중요하게 생각하지 않나?'
'일부러 나를 기다리게 하나?'
'내가 아주 만만해 보이나?'
'혹시 안 오는 거 아니야?'
'내게 뭐 삐진 거 있나?'

사실은 한 줄,
해석은 여러 줄,
감정은 몇 페이지가 됩니다.

이 연습의 목적은
해석하지 말라는 것이 아닙니다.

내 마음이
어떻게 괴로움을 키우는지
알아차리는 것입니다.

이 구조를 보기 시작하면
마음은 더 이상
자동으로 나를 끌고 가지 못합니다.

예시 3: 같은 잠바, 달라진 해석

집안 사정이 몹시 어려웠던
초등학교 4학년 때,
저희 가족은 지방에서 서울로 올라와
햇볕도 잘 들지 않는
작은 단칸방에서 지낸 적이 있습니다.
가난한 현실이 늘 부끄러웠던 저는
적어도 친구들 앞에서는
가난한 티가 나지 않기를 바랐습니다.

어느 날 아버지께
유명 메이커 잠바를 사 달라고 떼를 썼습니다.
아버지는 한참 망설이시다가
마침내 멋있는 잠바를 하나 사 오셨습니다.
저는 그 옷을 입는 순간
세상을 다 얻은 것처럼 기뻤습니다.
다음 날 학교에 가는 길,
어린 마음에 어깨가 절로 펴졌습니다.

그런데 교실에서 한 친구가
제 옷을 유심히 보더니 말했습니다.
"야, 이거 진짜 아니야. 가짜야."

자세히 보니 메이커 로고에 아주 작은 표시가
하나 더 붙어 있었습니다.
그 작은 표시 하나 때문에 제 잠바는 순식간에
'좋은 옷'에서 '가짜 옷'이 되었습니다.

아버지는 형편이 허락하는 선에서
저에게 좋은 옷을 사 주고
싶으셨을 뿐이었습니다.

옷은 전날이나 그날이나 똑같은 옷이었는데
가짜라는 말을 듣는 순간
어제까지 저를 행복하게 하던 잠바가
하루아침에 참을 수 없는
창피함의 상징으로 변했습니다.

어렸을 때의 저는
그 옷 때문에 불행해졌다고 생각했습니다.
하지만 시간이 지나 돌아보니
문제는 옷이 아니라 제 해석이었습니다.

'이 옷은 가짜다.'
'가짜 옷을 입은 나는 초라하다.'
'친구들은 분명 속으로 비웃겠지?'

이런 생각이 붙는 순간
똑같은 현실이 전혀 다른 얼굴을 하고 나타났습니다.

사실은 단순했습니다.
"어제와 오늘, 같은 잠바를 입고 있다."
그 위에 올라탄 해석이
기쁨과 자부심이 되기도 하고
불행과 수치심이 되기도 했던 것입니다.

좋고 나쁜 것이
처음부터 사물이나 상황 안에
이미 정해져 있는 것이 아니라
내가 어떻게 해석하느냐에 따라
얼마든지 달라질 수 있다는 사실을
어린 저는 아직 알지 못했습니다.

옳은 것을 분별한 후,
옳지 않은 것을 보면 화가 나고
좋은 것을 분별한 후,
좋지 않은 것을 만나면 괴로워요.
화, 괴로움의 원인은
상대가 아니고 바로 내 분별입니다.
분별하는 마음이 쉬면
화, 괴로움도 이내 곧 사라집니다.

이 글을 마무리하며

괴로움은
상황에서 시작되지 않습니다.
괴로움은
상황을 바라보는
나의 해석에서 시작됩니다.

사실은 단순하지만,
마음이 이야기를 더하며
불필요한 고통을 키웁니다.

이 책의 첫걸음은
이 구조를
부드럽게 알아차리는 것입니다.

그러면 우리는
감정에 휘둘리는 사람이 아니라,
감정이 어떻게 생겨나는지를
볼 수 있는 사람이 됩니다.

다음 장에서는
이 해석을 만들어 내는
마음의 '과거 렌즈'를
조금 더 깊이 들여다보려 합니다.

생각이 쉬는 사이

생각은 무상해서
붙잡고 늘어지지만 않으면
이내 곧 사라져요.
생각에 너무 힘주지 말고
흘려 보내면서 살아요.

지금 내 마음의 상태가
현재 세상의 상태로 느껴져요.
감탄과 감사할 이유들
세상에서 찾으려면 엄청 찾을 수 있고
우울과 불안할 이유들
세상에서 찾으려면 계속해서 또 찾아져요.
세상은 마음의 반영입니다.

2

과거의 렌즈를 벗고
현재를 새로 만나기

마음이 어떻게 '예전 이야기'를 끌고 와서 현재를 가리는가

우리는 모두 마음속에 아주 크고 오래된
'도서관'을 하나씩 가지고 있습니다.
이 도서관에는 지금까지의 삶에서 겪었던
모든 기억들이 가득 쌓여 있습니다.
기뻤던 순간, 상처받았던 일, 실패했던 경험,
누군가에게 들었던 말까지.
이 도서관은 쉬지 않고 데이터를 저장하고,
지금 내 삶을 바라볼 때마다
자동으로 그 자료들을 꺼내옵니다.

그래서 우리는 지금 일어나는 일을
지금 현재의 눈으로 보지 못하고
과거의 렌즈를 통해 자주 바라봅니다.

예를 들어, 어릴 때부터
"넌 조용한 애야"라는 말을 들었다면
지금 성인이 된 후에도
사람들 앞에서 말할 기회가 생기면
본능처럼 주저하게 됩니다.
"나는 원래 소심하니까"라는
오래된 이야기 꾸러미가
나의 현재 행동을 조용히,
하지만 강하게 지배하는 것입니다.

과거의 렌즈가 지금을 왜곡하는 순간들

자주 나타나는 상황들을 보면 더 쉽게 이해할 수 있어요.

1) 오랜 상처가 비슷한 상황만 보면 자동 재생될 때
예를 들어 과거에 누군가에게
무시당한 경험이 있다면
전혀 다른 사람과 다른 상황에서도
조금만 비슷한 분위기가 생기면
마음은 곧바로 이렇게 말합니다.

'또 무시당하는 것 같아.'

상황은 다르지만,
내 마음은 과거 데이터를 꺼내 현재를 해석합니다.

2) 실패가 반복될까 봐 현재의 선택을 미루게 될 때
'예전에 이런 일로 크게 손해를 당했잖아.
잘못하면 이번에도 그럴 수 있으니까 피해야 돼.'

이렇게 마음은 두려움의 근거를 과거에서 찾아옵니다.

3) 부모나 사회가 준 '이야기'를 내 정체성이라고 믿을 때

'나는 부모님으로부터 착한 아들이란 말을 항상 듣고 자랐어.'

'나는 친척들로부터 언니에 비해 안 예쁜 아이라는 말을 들었어.'

'나는 초등학교 통지표에 사회성이 부족한 아이라고 적혀
있었어.'

하지만, 이 말들은 사실이 아니라
과거 경험 가운데 **선별적**으로 따온 **이야기**일 뿐입니다.

이렇게 과거의 렌즈는 지금의 나를 바라보는 시야를 찌푸리고
내가 경험할 수 있는 새로움을 제한합니다.

예시 1 : "우리 집은 원래 이렇게 해"

명절을 앞두고 시댁에 가서 음식을 준비한다고 해 봅시다.
긴장도 되고, 서툴기도 한 가운데
시어머니가 이렇게 말씀합니다.

"우리 집은 원래 이렇게 해."

그 말 자체만 보면
"우리 집에는 이런 방식이 있다"는 설명에 가깝습니다.

그런데 마음은 곧바로 번역을 시작합니다.
'너는 제대로 못 하고 있어.'
'네 방식은 틀렸어.'

왜 이렇게까지 들릴까요?

어릴 때부터
'그렇게 하면 안 되지'
'왜 이것도 제대로 못 해'
라는 말을 자주 들었다면,
비슷한 톤의 말이 나오는 순간
그때의 긴장과 위축이 한꺼번에 되살아납니다.

지금 눈앞에 있는 사람은 시어머니인데
마음속에서는 오래전 부모의 그림자가 함께 서 있는 셈입니다.

그래서 실제 말보다
과거의 느낌이 훨씬 크게 들립니다.

현재의 한 장면을
과거의 렌즈를 낀 채 보고 있는 것이지요.
그 렌즈를 쓰고 있는 동안
웬만한 말은 다 '지적'이나 '비난'처럼 들리기 쉽습니다.

예시 2: "나는 또 뒤처졌다"는 이야기

직장이나 학교에서 후배를 만났다고 해 보겠습니다.

"선배, 저 이번에 시험 붙었어요!"

자격증 시험일 수도 있고, 입사 시험일 수도 있습니다.

겉으로는 "와, 축하한다" 하고 웃지만
마음 한구석에서 이런 문장이 올라옵니다.

'나는 뭐 하고 있지.'
'나는 왜 늘 이런 소식에서 빠져 있을까?'
'역시 나는 한발 늦는 사람인가 보다.'

사실은 단 하나입니다.
"후배가 시험에 합격했다."

그런데 내 안에서는
수능을 망쳤던 기억,
원하던 학교와 회사에 떨어졌던 경험,
비교당하던 순간들이 한꺼번에 재생됩니다.

그래서 지금의 한 장면을
"나는 또 뒤처졌다"는 증거로 써 버립니다.

과거의 렌즈가 지금의 자존감을
포로로 계속 붙들고 있는 모습입니다.

"나는 누구인가요?"라는 질문에 숨어 있는 과거

자기소개를 할 때 우리는 보통 이렇게 말합니다.

"어디 출신이고,
어떤 학교를 나왔고,
어떤 일을 해왔고,
어떤 성격을 가지고 있습니다."

모두 과거를 기반으로 만든 이야기들입니다.

문제는 이 이야기 몇 가지가
마치 '진짜 나'를 완성하는 것처럼 느껴진다는 점입니다.

그러나 이 정체성은
과거 경험의 일부를 묶어 놓은 하나의 버전일 뿐,
영원불변하는 나의 본질은 아닙니다.

관계와 환경, 시간이 달라지면
나를 소개하는 문장도 함께 달라집니다.

그럼에도
"나는 원래 이런 사람이야"라고 규정해 버리는 순간,
그 규정이 다시 현재의 나를 묶어 버립니다.

예시 3: "나는 원래 이런 사람이라서…"

저는 어렸을 때부터 선생님들에게
"말 잘 듣는 착한 아이"라는 말을 들으며 자랐습니다.
수업 시간에 떠들지도 않고,
시키는 일은 웬만하면 다 하고,
다른 친구와 싸우는 일도 없었습니다.

어릴 때의 저는
그 말을 들을 때마다 안심이 되었습니다.
'아, 나는 괜찮은 아이구나.'
집안 형편이 어렵고
마음속으로는 불안한 일이 많았지만
적어도 학교에서는
'착한 아이'라는 이름 덕분에
조금은 안전해지는 느낌이 들었습니다.

그러다 보니 어느 순간부터
저 스스로에게 이렇게 말했던 것 같습니다.
"나는 원래 착한 사람이야."
"나는 원래 부탁을 잘 거절하지 못 해."

이 패턴은 어른이 되어서도 계속되었습니다.

미국에서 대학교 교수가 되었을 때,
저는 학생이나 다른 교수들이 부탁을 해 오면
웬만하면 다 들어주고 있었습니다.
이미 내 일정과 할 일도 벅차고
몸과 마음이 지쳐 있을 때조차도
'나는 착한 사람이니까' 하며
추가로 일을 떠맡곤 했습니다.

돌아보면, 그 뒤에는
어릴 때부터 들었던 이야기들이
조용히 작동하고 있었던 것 같습니다.
갈등을 피하고, 거절하지 않고,
상대가 실망하지 않게 해 줘야
내가 괜찮은 사람일 것 같다는 믿음이
깊은 곳에 남아 있었던 것이지요.

그래서 정작 나 자신이 힘든 상황에서도
"나는 원래 이런 사람이니까 어쩔 수 없어"라는 말로
스스로를 설득하며 버티고 있었습니다.

그러던 어느 순간
이런 질문이 떠올랐습니다.
정말 나는 태어날 때부터
'부탁 거절을 잘 못하는 사람'으로 정해져 나왔을까?

차분히 돌아보니
그렇지 않았습니다.
나는 다만 어린 시절에
말을 잘 듣고 착하게 행동할수록
어른들이 나를 칭찬해 주고
많이들 인정해 주었기에
그렇게 행동하는 법을 배웠을 뿐이었습니다.

다시 말해
"나는 원래 이런 사람이야"라는 말은
내 타고난 성격에 대한 선언이라기보다
그동안 나를 지켜 주었던
하나의 **생존 방식**,
하나의 습관이었습니다.

이 사실을 알아차리자
조금씩 다른 선택이 가능해졌습니다.
여전히 누군가의 부탁을 거절할 때면
가슴이 두근거리지만,
이제는 이렇게 말해 봅니다.

"나는 원래 거절을 못 하는 사람이야"가 아니라
"지금까지는 거절을 잘 못 했지만
이제는 나도 연습해 보는 중이야."

“나는 원래 소심해”라는 말도
“나는 지금 낯선 상황이 아직 익숙하지 않아”라는
다른 문장으로 바뀔 수 있습니다.

이처럼
“나는 원래 이런 사람이야”라는 문장은
사실이 아니라
어느 시기의 경험에서 나온
하나의 이야기일 뿐입니다.
그 이야기를 잠시 내려놓는 순간,
그 아래에서
훨씬 넓고 자유로운 가능성이
조용히 고개를 들어 올립니다.

과거의 렌즈를 벗는 가장 쉬운 질문들

완전히 버리려 하기보다
먼저 이렇게 물어볼 수 있습니다.

1. 지금 내가 보는 건
   정말 '지금의 장면'일까,
   아니면 예전 기억이 씌워진 화면일까?

2. 이 감정은
   눈앞의 일에 딱 맞는 크기일까,
   아니면 과거의 감정이 함께 올라온 걸까?

3. 사실은 무엇이고,
   내가 덧붙인 이야기는 무엇일까?

4. '나는 원래 이런 사람'이라는 이미지가
   지금의 선택을 좁히고 있지 않은가?

이 질문들을 잠깐 던져보는 것만으로도
오래된 안경을 살짝 들어 올리게 됩니다.

그러면 같은 장면도
생각보다 훨씬 가벼운 일로 보일 때가 많습니다.

이 글을 마무리하며

과거는
앞으로 생길지도 모를 위험에서
나를 지켜 주려고 합니다.

그러나 동시에
지금을 제대로 보지 못하게 하는
짙은 색안경이 되기도 합니다.

행동을 제한하고,
감정을 자극하고,
관계를 왜곡하고,
삶의 가능성을 좁히지요.

과거를 없애야 하는 것은 아닙니다.

다만
'지금 내 반응은
과거 때문일 수도 있겠구나' 하고
알아차리는 순간,
우리는 더 이상
과거의 감정을
지금의 현실로 착각하지 않게 됩니다.

그때 비로소
과거가 아닌
지금 이 순간의 생생한 현실에서
마음을 바라볼 준비가 됩니다.

평생 담배를 피워 온 한 미국 남자가
자신은 원래부터 흡연자라고 믿고
주변에서 아무리 금연하라고 해도
절대로 말을 듣지 않았다고 해요.
그런데 사고로 뇌진탕을 겪은 후에
기억상실증이 와서 본인이 흡연자라는
사실을 기억하지 못하는 것이었어요.
바로 그다음 날부터 금연했다고 합니다.

원래 그런 사람은 없습니다.
원래 그런 사람이라는 생각만 있을 뿐이지요.
그 생각을 믿게 되면 자기 삶을
스스로가 제한하면서
성장할 여러 좋은 기회들을 놓치고
생각 감옥에 갇혀 자유롭지 못하다고
느낄 수 있어요.

3

아직 다 모른다는
마음으로 세상 보기

이미 알고 있다고 믿는 순간, 새로운 가능성은 닫힌다

우리는 살아가면서 "아, 저건 이런 거야" 하고
단정 짓는 일을 아주 많이 합니다.
사람에 대해서도, 상황에 대해서도,
나 자신에 대해서도 마찬가지입니다.

'저 사람은 원래 저런 성격이야.'
'이 일은 어차피 안될 거야.'
'나는 이런 상황에서 항상 실패하잖아.'

이렇게 마음속에서 조용히 내려진 결론들은
생각보다 우리 삶에 큰 영향을 줍니다.
왜냐하면 이미 **알고 있다고 믿는 순간,**
더 이상 **새롭게 보려 하지 않게 되기 때문**입니다.

그런데 가만히 들여다보면,
우리가 "안다"고 말하는 것 중 상당수는
사실 완전히 아는 것이 아니라
과거 경험과 추측, 다른 사람의 말이 섞인
'선택적인 그림'일 때가 많습니다.

이 장에서는
"나는 이걸 안다"라는 확신에서 한 걸음 물러나
"사실, 잘 모를 수도 있어"라는 자리로
돌아가는 연습을 해 보려 합니다.
놀랍게도 이 작은 전환이
우리 마음을 훨씬 가볍고 자유롭게 만들어 줍니다.

'안다고 느끼는 순간' 마음은 문을 닫는다

어떤 사람을 처음 만났을 때를 떠올려 봅니다.
처음에는 그 사람을 잘 모르기 때문에
표정 하나, 말투 하나, 작은 행동까지 유심히 보게 됩니다.
좋은 점도 눈에 들어오고,
어떤 점이 편한지, 어떤 점이 조심스럽게 느껴지는지도
조금씩 느껴집니다.

그런데 시간이 지나면 우리는
어느 순간 이렇게 말합니다.

"아, 어떤 사람인지 알겠어."

그 순간부터 우리는 더 이상
그 사람을 있는 그대로 보려 하지 않고,
이미 **만들어 둔 이미지**에 맞춰서만 보게 됩니다.

조금 피곤해 보여도
'저 사람은 원래 무뚝뚝해'라고 해석하고,
도와주고 싶어 한 행동도
'저 사람 특유의 간섭이야'라고 받아들일 수 있습니다.

상대는 분명 살아 있는 한 사람인데
우리 마음속에서는
이미 완성된 캐릭터로 고정되어 버리는 것입니다.

이런 일은 사람에게만 일어나지 않습니다.

'내 인생은 원래 이런 패턴이야.'
'나는 항상 여기쯤에서 막혀.'
'이 정도가 내 한계야.'

나에 대해서도, 인생에 대해서도, 세계에 대해서도
우리는 종종 아주 **단정적인 문장**으로 결론을 내립니다.

하지만 그 결론들이
정말로 진실일까요?
아니면 그동안의 경험과 두려움이 섞여 만들어진
임시적인 해석일 뿐일까요?

'모른다'는 말이 주는 자유로움

'모른다'라는 말은 처음엔 조금 불편하게 들립니다.
왠지 미숙한 사람, 준비가 덜 된 사람처럼 느껴질 수 있습니다.

하지만 마음의 세계에서
'모른다'는 태도는 가장 **성숙한 자리**와 가깝습니다.

예를 들어 이런 순간을 떠올려 봅니다.

○ 앞으로의 일이 어떻게 될지
○ 저 사람의 진짜 의도가 무엇인지
○ 이 선택이 완벽히 옳은지

솔직히 말하면
우리는 정확히 알 수 없습니다.
알려고 애쓰지만
미래는 언제나 우리의 계산을 조금씩 벗어납니다.

그런데도 마음은
'나는 안다'라고 말하고 싶어 합니다.
그편이 덜 불안하기 때문입니다.

반대로
'사실, 나는 이걸 다 알 수 없다'
'앞으로 어떻게 될지는 아직 모른다'
라고 인정하는 순간
처음에는 조금 허전하지만
곧 자유로움과 편안함이 찾아옵니다.

"그래, 내가 모르는 건 당연한 일이구나."

모른다는 사실을 받아들이는 순간,
우리는 더 이상 억지로 통제하려고 애쓰지 않게 되고
그만큼 마음의 힘이 풀립니다.

예시 1: "추가 검사 권유"라는 네 글자를 보았을 때

제가 잘 아는 지인이 최근
정기 건강검진 결과지를 받았는데
아래와 같은 문장이 써 있었다고 합니다.

"추가 검사 권유."

그 한 줄을 보는 순간
마음은 금세 요동치기 시작했습니다.

손에 쥔 종이는 사실
"정확히 보려면 한 번 더 검사해 보라"는
안내문에 지나지 않습니다.
그런데 머릿속에서는
이미 여러 생각들이 꼬리에 꼬리를 물기 시작했습니다.

'혹시 큰 병이면 어떡하지?'
'왜 미리 신경 쓰지 못했을까?'
'가족들에게는 뭐라고 말하나?'
'병원비는 얼마나 많이 나올까?'
'병원 다니면서 회사 일은 어떻게 하지?'

집에 오는 길에
그 지인은 거의 자동으로 휴대폰을 켰다고 합니다.
검색창에 병 이름을 쳐 보고,
연관 키워드를 끝까지 내려 읽어 보았습니다.
단톡방에 결과지를 찍어 보내
"혹시 이거 아는 사람 있어?" 하고 묻기도 했습니다.
인터넷 후기 글을 뒤지면서
어느 병원이 좋다는 이야기가 나오면
지도 앱에 저장해 두었다고 합니다.

몸은 아직 아무 변화도 느끼지 못하는데
마음은 이미 며칠째
'중병 환자'처럼 지쳐 버렸습니다.

며칠 후 병원에 가서 의사를 만나자
의사는 이렇게 말했습니다.

"이 항목은 재검하라는 표시가 자주 뜹니다.
지금 다른 수치를 함께 보면
크게 걱정하실 상황은 아닌 듯합니다.
일 년 뒤 정기검진 때
다시 한번 점검하셔도 충분해 보입니다."

결국 큰 문제가 아니었는데
그 사실을 확인하기도 전에
지인은 '나는 알고 있다'는 듯
가장 불안한 그림부터 그려 넣은 것입니다.

앞에서 말한 '모른다'는 태도는
아무렇지 않은 척 무시하자는 말이 아닙니다.

다만 결과지를 본 그날, 그 시간에
모든 가능성을 혼자 다 상상해 두는 대신
이렇게 말해 보는 것입니다.

"지금은 아직 잘 모른다."
"정확한 건 재검을 하고
의사 설명을 들어 보면 알겠지."

하루 이틀 숨을 고르고
몸의 상태를 느껴 보면서
차분히 정보를 확인하려는 선택.

당장 모든 것을 통제하려는 마음의 움직임을
잠시 내려놓을 수 있을 때,
같은 '추가 검사 권유'라는 글자를 보더라도
마음은 훨씬 덜 흔들릴 수 있습니다.

알 수 없는 것을 억지로 다 알아내려 하기보다
"지금은 모르는 영역이 있다"는 사실을 인정하는 것,
그 자리가 모른다는 마음에서 시작되는 작은 자유입니다.

예시 2: 나 혼자 결론을 내려버렸던 순간들

직장 생활을 막 시작한 20대 후반 남성이
이런 경험을 이야기해 준 적이 있습니다.

프로젝트 회의에서 상사가
그의 의견에 아무 말 없이 넘어갔습니다.
그는 그때 이렇게 생각했습니다.

'내 의견은 별로 가치가 없나 보다.'
'나는 역시 발표를 잘 못해.'

그날 내내 자신을 탓하며 우울했는데,
나중에 알고 보니
상사는 그 발표를 매우 긍정적으로 받아들였고
다만 시간이 부족해서
질문을 못 했을 뿐이었습니다.

그가 괴로웠던 이유는
상사의 반응 때문이 아니라,
'상사는 내게 관심이 없다'는
자기만의 결론 때문이었습니다.

이럴 때 '모른다'는 태도는
의외로 큰 자유를 줍니다.

'상사가 지금 무슨 생각을 하는지
사실 나는 잘 모른다.'
'그 자리에서는 무심해 보였지만,
다른 이유가 있었을 수도 있다.'

이렇게 마음속에서 문장을 바꾸는 순간,
감정의 무게가 훨씬 줄어듭니다.

상황을 긍정적으로만 해석하라는 뜻이 아닙니다.
다만, "아직 확실하지 않은데
내가 먼저 단정 지어버렸다"는
사실을 알아차리는 것,
그게 바로 '모른다'의 시작입니다.

‘모른다’는 태도는 나를 보호해 준다

우리가 괴로워지는 패턴을 잘 보면
대부분 이런 구조를 가지고 있습니다.

1. 어떤 사건이 일어난다.
2. 마음이 빠르게 해석을 붙인다.
3. 그 해석을 ‘사실’로 믿는다.
4. 그 믿음 때문에 감정이 커진다.

예를 들어,
연락이 잘 오던 사람이 갑자기 연락을 줄이면
마음은 곧바로 이렇게 속삭입니다.

‘나를 싫어하게 됐나 보다.’
‘관계가 끝나가고 있어.’

그런데 조금만 더 솔직하게 보면,
우리는 사실 아직 모릅니다.
그 사람이 바빠졌을 수도 있고,
마음이 잠시 지쳤을 수도 있고,
개인적인 일이 생겼을 수도 있습니다.

'모른다'는 태도는
이 급한 결론 사이에 **생각의 여백**을 만들어 줍니다.

'연락이 줄어든 건 사실이지만,
이게 관계의 끝이라는 뜻인지는 아직 모른다.'

이 한 문장이
불안이 커지는 속도를 천천히 늦춰 줍니다.
마음이 과열되기 전에
숨을 한 번 고를 수 있게 도와줍니다.

무지와는 다른, 열려 있는 '모름'

보통 사람이 말하는 '무지(無知)'는
그저 뭘 잘 모르는 멍한 부정적인 상태,
즉 무지함을 의미할 때가 많습니다.

하지만 우리가 이야기하는 '모른다'의 태도는
그것과는 조금 다릅니다.

이 모름은
대충 살겠다는 포기가 아니라,
지나친 확신에서 한 발짝 물러난 겸손한 상태에 가깝습니다.

○ "내 생각이 100% 맞다고 우기지 않겠다."
○ "이 사람을 완전히 안다고 단정하지 않겠다."
○ "이 일이 좋은 일인지 나쁜 일인지 미리 단정하지 않겠다."

이런 태도는 어쩌면
조금은 불편하고 불안해 보일 수 있지만,
실은 **지혜가 시작되는 자리**입니다.

왜냐하면
'나는 이미 안다'고 믿는 사람은
배울 수 없지만,
"아직 잘 모른다"고 말할 수 있는 사람은
언제든 새롭게 배우고, 새롭게 볼 수 있기 때문입니다.

예시 3: '아이를 키우면서 배운 모름의 지혜'

아이를 키우는 부모들은
종종 이런 이야기를 합니다.

"내 아이를 가장 잘 아는 사람은 나라고 생각했는데,
살다 보니 그게 아니더라고요."

어릴 때는
'우리 애는 이런 성격이야'
'얘는 이럴 때 꼭 이렇게 반응해'
라고 생각했지만
아이가 나이를 먹을수록
전혀 예상치 못한 모습들이 드러나기 시작합니다.

그때 부모가
'얘가 왜 이럴까?'라고만 생각하며
예전 이미지에 계속 가두면
아이와의 관계가 점점 어려워집니다.

반대로
'아, 내가 이 아이를 다 안다고 생각했지만,
사실 아직 모르는 부분이 많구나'
라고 마음을 열면
아이의 새로운 모습을 반갑게 맞이하게 됩니다.

관계는
'알고 있음'보다
'다시 알아가려는 마음'에서 깊어집니다.
이 마음의 바탕이 바로
'모른다'는 태도입니다.

관계는
'알고 있음'보다
'다시 알아가려는 마음'에서 깊어집니다.
이 마음의 바탕이 바로
'모른다'는 태도입니다.

'모른다'에서 시작하는 작은 실천들

이제 일상에서 바로 써볼 수 있는
간단한 연습들을 정리해 볼게요.

1. 감정이 올라올 때 속으로 한번 말해 보기
'지금 내가 느끼는 이 해석이
정말 사실인지는 아직 잘 모르겠어.'

2. 상대의 말을 듣다가 마음에 걸릴 때
'저 사람이 왜 저렇게 말했는지,
지금 이 자리에서는 내가 다 알 수 없어.'

3. 미래가 두려울 때
'앞으로 어떻게 될지는 아무도 모른다.
내가 상상하는 가장 나쁜 경우도, 가장 좋은 경우도,
아직 일어나지 않았다.'

4. 나 자신에 대해 단정하는 말을 할 때
'나는 원래 이런 사람이야' 대신
'나는 지금까지는 주로 이렇게 반응해 왔지만,
앞으로도 꼭 이럴 거라고 단정할 수는 없겠지.'

이렇게 말 한 줄만 바꿔도
마음이 스스로 만들어 낸 감옥 안에서
조금씩 공간이 생깁니다.

이 글을 마무리하며

우리가 '안다'고 믿는 것은
생각보다 훨씬 많은 부분에서
추측과 과거 경험, 두려움이 섞인
해석일 때가 많습니다.

'모른다'는 태도는
그 해석을 전부 버리자는 뜻이 아니라,
"내가 지금 내리는 결론이
절대적인 진실이라고 믿지 않겠다"는
조용한 약속입니다.

그 약속을 하는 순간
마음은 조금 더 부드러워집니다.
상대를 향한 판단도 쉽게 하지 않으며,
나 자신에 대한 평가도 자비로워집니다.

무엇보다 중요한 것은,
"모른다"고 말할 수 있을 때
지금 이 순간의 삶이
다른 가능성으로
움직이기 **시작**한다는 점입니다.

이미 다 안다고 생각하면
세상은 지루해지지만,
'사실 아직 잘 몰라'라고 인정하는 순간
눈앞의 사람, 상황, 나의 마음이
다시 한번 새롭게 보이기 시작합니다.

진정한 자유는
아는 것으로부터의 자유입니다.

우리는 부분만을 알 수 있지
절대로 전체를 알 수는 없습니다.
더불어 과거만을 알 수 있지
'지금 여기'를 알 수는 없습니다.
그래서 모든 아는 것은
마음의 분열과 과거의 산물입니다.
정말로 분열이 없는 내면의 평화와
과거의 속박이 없는 완전한 자유를
지금 여기서 체험하고 싶다면
아는 마음, 분별하는 습관이
멈추면, 비로소 보이게 됩니다.

모든 배움의
끝까지 가 보면
모름이 기다리고 있어요.

4

사랑한다면 상대를
‘모른다’ 하고 보기

관심은 잘 모른다는 마음에서 시작합니다

우리는 보통 사랑을
'잘 아는 것'과 연결해서 생각합니다.
상대가 뭘 좋아하는지,
어떤 성격인지,
무엇을 싫어하는지
술술 말할 수 있을수록
사랑하고 있다고 느끼죠.

하지만 조금만 더 들여다보면
사랑은 '이미 아는 것들'보다는
오히려 '계속 알고 싶은 마음'에 가깝습니다.
그리고 그 마음의 출발점에는
항상 조용한 한 문장이 있습니다.

'사실, 그에 대해 아직 다 모른다.'

모른다는 마음은 문을 연 채로 머무는 일

무언가를 모른다고 느낄 때
우리는 자연스럽게 질문을 하게 됩니다.
눈길이 오래 머물고,
작은 변화에도 주의를 기울이게 됩니다.

반대로
'이건 다 알지'라고 느끼는 순간
마음은 급격히 게을러집니다.
굳이 더 보려 하지 않고,
지금 눈앞에서 일어나는 생생한 사실보다
과거에 만들어 둔 이미지에 의존합니다.

사실 이미 안다고 보는 것은
아주 빠른 판단이지만,
아주 얕은 관찰이기도 합니다.
시간과 주의를 들여
지금 이 순간을 바라보는 수고를
건너뛰기 때문입니다.

모른다는 마음은
의외로 많은 에너지가 필요합니다.
기다려야 하고,
지켜봐야 하고,
성급한 결론을 잠시 미뤄야 하니까요.
그래서 모른다는 태도는
게으름이 아니라
가장 **정성스러운 바라봄**에 가깝습니다.

관심은 사랑의 가장 구체적인 형태

모든 관심이 사랑은 아닙니다.
호기심도 관심일 수 있고,
통제하려는 마음도 관심처럼 보일 수 있습니다.

하지만 사랑이 있다면
그 안에는 반드시 관심이 들어 있습니다.
그리고 그 관심은
상대를 바라보는 시간과
마음을 내어주는 주의로 드러납니다.

어린 시절을 떠올려 보면
아이들이 부모에게 가장 원하는 것은
비싼 선물이나 멋진 말이 아닙니다.
지금 자기 옆에 앉아서
자기를 바라봐 주는 눈길입니다.

아이는 어떤 행동을 한 뒤
자연스럽게 부모의 얼굴을 확인합니다.
'엄마, 아빠가 지금 나를 보고 있나?'
'내가 여기 있다는 걸 알아주고 있나?'

그 시선이 자주 부재하면
아이는 점점 이런 감각을 배웁니다.
'나는 크게 신경 쓰이지 않는 존재구나.'
'나는 중요한 존재가 아닌가 보다.'
그 느낌은 자라면서
자존감과 자기 가치 평가에 깊숙이 스며듭니다.

사랑은 이렇게
'너를 보고 있다'는 경험으로 전해집니다.
그리고 그 보는 방식이
바로 모른다는 마음입니다.

연애가 시작될 때 우리는 모두 '모른다'에서 출발한다

처음 사랑에 빠졌을 때를 떠올려 봅시다.
그때 우리는 상대를 향해
수없이 많은 관심을 기울입니다.

무슨 음식을 좋아하는지,
어떤 음악을 들을 때 기분이 밝아지는지,
피곤할 때 말수가 느는지 줄어드는지.

그 이유는 단순합니다.
우리는 아직 모른다고 느끼기 때문입니다.
그래서 자연스럽게 보게 되고, 듣게 되고, 물어봅니다.

하지만 관계가 오래되면
어느 순간부터 마음속에서
이런 문장이 슬그머니 생깁니다.

'저 사람은 항상 저래.'
'이럴 때는 늘 이런 반응이야.'

그 문장이 늘어날수록
관심은 줄어들고,
보는 눈은 과거에 머물게 됩니다.
눈앞의 지금 이 사람보다
이미 만들어 둔 해석이 앞서 나옵니다.

부부가 서로를 떠날 때를 보면
갈등의 내용보다 더 자주 등장하는 것은
관심이 완전히 말라 버린 상태입니다.
상대를 더 알고 싶지도 않고,
지금 무엇을 느끼는지도 궁금하지 않습니다.
이미 결론을 내려 버렸기 때문입니다.

모른다는 태도는 현재로 돌아오는 길

'모른다' 하고 바라보는 순간
마음은 자동으로, 현재로 이동합니다.
과거의 기억이 아니라
지금 이 사람이 어떤 표정인지,
지금 이 상황이 어떤 움직임을 가지고 있는지
자연스럽게 살피게 됩니다.

사람만 그런 것이 아닙니다.
반려견의 하루도,
자연의 변화도,
예술의 의미도
모른다는 눈으로 볼 때
훨씬 더 생생해집니다.

이미 안다고 여기는 순간
우리는 실제로 보는 대신
기억을 확인할 뿐입니다.
그래서 사랑은
늘 '모른다'에서 새로 시작됩니다.

사랑의 눈길은 판단을 늦춘다

모른다는 태도는
상대를 무조건 이해해 주겠다는 뜻도 아니고,
모든 행동을 좋게 해석하겠다는 뜻도 아닙니다.

다만 한 가지를 선택하는 일입니다.
'지금 내가 내리는 이 판단이
전부일 필요는 없다'는 선택입니다.

이 선택을 하는 순간
마음은 급하게 닫히지 않고,
관계는 숨 쉴 공간을 얻게 됩니다.

사랑은
확신으로 상대를 가두는 일이 아니라,
이해가 완전히 끝나지 않은 채로
함께 머무를 수 있는 용기입니다.

이 글을 마무리하며

우리는
아는 만큼 사랑한다고 믿어 왔지만,
사실은 정반대일지도 모릅니다.

사랑할수록
우리는 더 모른다고 느낍니다.
그래서 계속 보고 싶어지고,
다시 묻게 되고,
오늘의 이 사람을
어제의 이미지로 덮지 않으려 애씁니다.

‘모른다’ 하고 바라보는 일은
관계에서 가장 지혜로운 선택이자
가장 따뜻한 태도입니다.

이미 안다고 여기는 순간
관심이 멈추지만,
‘아직 잘 모르겠어’라고 하면
사랑이 다시 숨을 쉽니다.

‘다 안다’ 하고 보는 것은
이미 결론이 난 닫힌 마음으로 보는 것이고
‘모른다’ 하고 보는 것은
관심을 가지고 열린 마음으로 보는 것입니다.
정말로 상대를 사랑한다면
닫힌 마음 대신 열린 마음으로 바라보세요.

상대의 좋은 면뿐 아니라
유치하고, 불안하고, 모순되고,
때로는 비합리적인 모습까지도
끌어안기로 결정할 때
진정으로 사랑하기 시작합니다.
진정한 사랑은
완벽한 사람을 찾아서 완성하는 것이 아니고,
상대의 부족함을 보고도
이해하고 받아들이기로 선택하는 것입니다.

두 번째 장

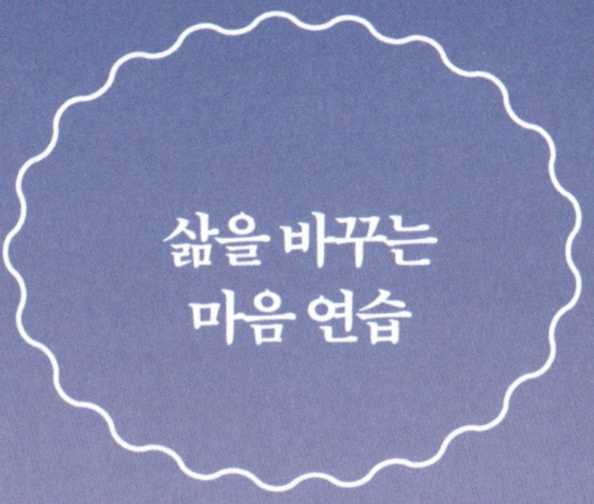
삶을 바꾸는
마음 연습

두 번째 장에 들어가며
_작은 마음의 변화가 삶을 바꾼다

첫 번째 장에서 우리는
마음이 어떻게 자동으로 괴로움을 만들어 내는지,
사실보다 해석이 앞서고
과거의 기억과 습관이
어떻게 현재를 흐리게 만드는지 살펴보았습니다.

읽으면서 이런 생각이 들었을지도 모릅니다.
'아, 내가 유난한 게 아니었구나.'
'이 마음은 누구에게나 이렇게 작동하는구나.'

이 깨닫기만으로도
마음은 이미 조금 느슨해지고
스스로를 덜 몰아붙이게 됩니다.

하지만 곧 이런 질문이 이어집니다.
'알겠는데, 그럼 어떻게 살아야 하지?'
'왜 아는 것과 실제 삶은 이렇게 다른 걸까?'
'일상에서는 왜 또 금방 흔들릴까?'

두 번째 장에서는 이 솔직한 물음에서 시작됩니다.

여기서는 마음을 더 분석하기보다
일상에서 아주 작게 달라져 보는 연습을 합니다.
생각을 바꾸려 애쓰기보다는
태도를 조금 바꾸고,
반응을 아주 잠시 늦추는 방식으로 말이지요.

이제부터는
애쓰지 않아도 괜찮은 순간들,
관계 속에서 나를 놓치지 않는 방법,
그리고 지금 이 자리로 다시 돌아오는 연습을
하나씩 함께 살펴보려 합니다.

5
지금 여기의
감각으로 돌아오기

불안과 고민에서 바로 벗어나는 법

우리가 마음이 괴롭고 불안해질 때 대부분의 이유는,
마음이 지금 이 순간에 머물러 있지 않기 때문입니다.
몸은 분명 여기 있지만,
마음은 과거의 후회나 미래의 걱정 속에서 끝없이 헤맵니다.
아직 아무 일도 일어나지 않았는데 숨이 막히고,
괜히 우울해지고, 별것 아닌 말에도 과하게 상처받는 이유는
마음이 현재와 어긋나 있기 때문입니다.
그 어긋남이 깊어질수록 우리는 더 쉽게 흔들리고 지칩니다.

그런데 마음이 아주 가볍게,
지금 이 순간의 감각으로 돌아오기만 해도
불안하던 마음이 조용히 가라앉고
산만한 생각들이 잠시 쉬어가며
삶은 다시 부드러운 결을 찾습니다.

이 변화는 특별한 수행의 결과가 아니라
단지 지금 여기와 다시 연결되는 것만으로도 충분히 일어납니다.

마음이 떠나 있을 때 생기는 일들

아침에 눈을 떴을 때를 떠올려 봅니다.
잠에서 깨어난 지 몇 초 되지도 않았는데
머릿속에서는 이미 수많은 생각이 쏟아집니다.

'오늘 해야 하는 일들이 너무 많다.'
'어제는 내가 왜 그런 말을 했지?'
'아…, 오늘 컨디션 안 좋다.'

아직 하루가 시작되지도 않았는데 마음은
이미 하루를 다 살아버린 것처럼 복잡합니다.

그 순간 몸은 어떤가요?

이미 어깨가 굳어 있고, 턱이 꽉 물려 있고,
숨이 아주 얕게 흐르고 있을 것입니다.
마음이 과거나 미래로 흘러가기 시작하는 즉시
몸은 '지금 위험할 수도 있어'라는
신호를 보내며 긴장하기 때문입니다.

많은 사람들은 불안과 스트레스를
'생각 때문에' 생기는 것이라고 믿지만
실은 그보다 먼저 몸이 긴장하고 있었다는
사실을 나중에야 알아차립니다.

○ 종아리에 힘이 들어가고
○ 어깨나 등이 자꾸 뭉치고
○ 숨이 전체적으로 얕고 짧아지고
○ 배가 긴장해서 소화가 잘 안되고

이 몸의 신호를 감지하지 못하면
우리는 이 감각을 '불안', '짜증', '우울함' 같은
심리적 문제로만 이해하게 되고
그렇게 마음은 더 복잡해집니다.

마음공부는 바로 이 지점에서 시작됩니다.
몸에 이미 일어나고 있는 감각을 다시 느끼는 순간
마음은 과거나 미래에 끌려가지 않고
지금 이 자리로 자연스럽게 돌아옵니다.

생각이 쉬는 사이

왜 감각은 '지금'으로 데려오는가

생각은 언제나 시간을 만듭니다.
과거로 가기도 하고, 미래로 뛰어가기도 하죠.

하지만 감각은 오직 하나의 시간에만 머뭅니다.
바로 지금입니다.

가슴의 두근거림
발바닥이 바닥에 닿는 느낌
손바닥의 온기
숨이 들어오고 나가는 감각
커피잔의 따뜻함

이 모든 감각은 지금이 아니면 느낄 수 없습니다.

그래서 감각을 알아차리는 순간
마음은 자연스럽게 현재에 정착합니다.

예를 들어 걱정이 많아질 때
손바닥을 가만히 느껴 보세요.
따뜻한가요? 차가운가요?
살짝 땀이 났나요? 건조한가요?
감각은 판단하지 않습니다.
그저 사실만 알려 줄 뿐입니다.

'지금 손바닥이 따뜻하구나.'
'숨이 조금 빨라졌구나.'
'발바닥이 바닥을 누르고 있네.'

이 단순한 알아차림만으로도
생각의 폭풍이 잦아들고
마음은 놀라울 만큼 빠르게 안정됩니다.

왜냐하면 감각을 느끼는 순간
생각의 파도 위에 있던 마음이
파도 아래에 항상 존재하는
고요한 바다로 자연스럽게 내려가기 때문입니다.

예시 1: 기사 속 세상에서, 눈 오는 마당으로 돌아왔을 때

유명인으로 산다는 것은
사람들에게 사랑을 받을 때도 있지만
그만큼 싫어하는 마음을 향해 맞닥뜨리는 순간도
자주 온다는 뜻이기도 합니다.

악성 댓글로 상처를 받기도 하고,
누군가가 유명인을 사칭해 사기를 치면
피해자가 그 유명인을 찾아와
항의하는 일도 있습니다.

저 역시 몇 년 전 좋지 않은 기사가
연달아 뜬 적이 있습니다.
지인들은 저를 걱정하는 마음에
"이 기사 봤어?" 하며
기사 링크를 계속 보내 주었습니다.
한두 번은 그냥 봤지만
한 달이 넘도록 비슷한 기사가
계속 이어지다 보니
어느 순간부터 제 마음은
깊은 우울과 두려움의 우물 속으로
천천히 가라앉는 것 같았습니다.

'앞으로 사람들이 나를 어떻게 생각할지 모르겠네.'
'내가 노력해서 쌓아온 것들이 한순간에 무너지겠구나.'
'부모님은 나보다 몇 배 더 힘드신 것이 아닌지 걱정된다.'

몸은 아무 변화도 없는데
생각은 점점 더 어두운 곳으로만 흘러가고 있었습니다.

그때 제가 머물고 있던 곳은
해남의 한 조용한 절이었습니다.
어느 날 문득
휴대폰을 내려놓고
주변을 한 번 둘러보았습니다.

대나무숲 너머로 저녁노을이 번지고 있었고,
마당에는 어제 내린 눈이 보였습니다.
다음 날, 새벽 예불을 나갈 때 본 달빛은
정말로 맑고 차분했습니다.
처음에는 저만 보면 짖어대던
어른스님이 키우는 강아지도
어느새 저를 알아봤는지
더 이상 짖지 않고
꼬리를 살랑거리며 다가왔습니다.

그 순간 깨달았습니다.

내가 그렇게 두려워하며
붙들고 있던 기사와 댓글은
이 마당에는 존재하지 않는다는 것을요.

눈앞에 실제로 있는 것은
눈이 소복이 쌓인 마당,
옆에서 흔들리는 대나무,
차가운 공기 속에서
들숨 날숨이 드나드는 내 몸,
발바닥에 전해지는
차가운 법당 바닥의 감촉뿐이었습니다.

마음의 주의가
휴대폰 속 이야기에서
지금 여기의 감각으로 돌아오는 순간
놀랍게도 그 어떤 말도,
그 어떤 평가도
당장 이 자리에 있지 않았습니다.

오직 생각 속으로 깊이 빠져들어 갈 때만
나는 세상의 비난 한가운데
서 있는 사람처럼 느껴졌습니다.

그러나 지금 여기에서
눈앞에 보이는 것,
귀에 들리는 소리,

몸에 느껴지는 감각으로 돌아오면
그 이야기들은 잠시 힘을 잃었습니다.

그때 저는 또렷이 배웠습니다.

고통에서 완전히 도망칠 수는 없지만
지금 이 순간으로 돌아오는 짧은 틈,
생각이 잠시 쉬는 그 사이에는
분명히 숨 쉴 공간이 존재한다는 것을요.

"지금 내 눈앞에는 무엇이 보이지?"
"지금 어떤 소리가 들리지?"
"지금 내 몸은 어떤 느낌이지?"

이 세 가지 질문만으로도
마음은 과장된 이야기의 세계에서
아무런 이야기가 없는
지금 여기로 내려옵니다.
그 내려옴이 바로
우리가 불안과 두려움 속에서도
다시 자유를 맛볼 수 있는
아주 구체적인 길이라는 것을
그 겨울, 해남에서 몸으로 배웠습니다.

예시 2 : 시험장에서 머리가 하얘지는 순간

모의고사를 풀다가
혹은 시험장에서 문제지를 넘기다가
한 번쯤 이런 순간을 마주합니다.

분명 배운 내용인데
문제가 낯설게 느껴지고
머릿속이 갑자기 하얘지는 순간입니다.

그때 마음속에서는
거의 자동으로 이런 생각이 올라옵니다.

'망했다.'
'이거 하나도 모르겠는데.'
'이 문제에서 막히면 다 틀리겠지?'

이 생각을 없애려고 애쓸수록
머리는 더 굳고
몸은 더 긴장합니다.

이럴 때 아주 짧게
생각보다 먼저
몸을 한 번 **느껴 볼 수 있습니다.**

손에 쥔 연필이 얼마나 꽉 잡혀 있는지
손가락에 힘이 얼마나 들어가 있는지
허리가 의자에 닿아 있는 감각
발바닥이 바닥을 누르는 느낌을
조용히 알아차려 봅니다.

억지로 자세를 바꾸거나
긴장을 풀려 애쓸 필요는 없습니다.
그저
'아, 지금 이렇게 굳어 있구나'
하고 알아차리는 것만으로 충분합니다.

그리고 숨이 어떻게 오가는지
한두 번만 따라가 봅니다.

'지금 들이쉬고 있네.'
'지금 내쉬고 있구나.'

몇 초만 이렇게
몸과 숨으로 돌아와 보면
아까 그렇게 크게 들리던
'망했다'는 생각이
점점 힘을 잃기 시작합니다.
문제를 풀어야 하는 현실은 그대로지만,
그 문제를 마주하는 마음의 온도는
확실히 달라집니다.

현재의 감각으로 돌아온다는 것은
포기하거나 결과를 외면하자는 말이 아닙니다.
다만
'아직 풀리지 않은 문제 = 인생이 망했다'는
자동 반응 사이에
잠시 숨을 고를 틈을 만들어 주는 일입니다.

그 틈 속에서
우리는 문제를 더 맑은 눈으로 보게 되고,
설령 답을 쓰지 못해도
자신을 향한 과도한 비난에서는
한 걸음 물러설 수 있습니다.

감정이 올라올 때, 생각 대신 감각

살아가다 보면 마음을 휘젓는 순간들이 찾아옵니다.

○ 힘든 아침 출근길에서 누군가 밀치고 지나갈 때
○ 엄마가 전화 받자마자 한숨을 쉬고 잔소리할 때
○ 내가 한 일을 상사 자신이 한 것처럼 보고할 때

그때 우리의 마음은
거의 자동처럼 즉시 해석을 붙입니다.

'내가 만만해 보이나?'
'또 시작이야…'
'앞뒤가 너무 다르네.'

생각이 붙는 순간
감정은 더 커지고,
작았던 자극도 금세 마음을 흔드는 사건이 됩니다.

이때 도움이 되는 첫 번째 연습은
생각을 잠시 내려놓고, 감각으로 돌아오는 것입니다.

밀쳤을 때의 어깨 느낌,
엄마 목소리의 떨림,
회의에서 상사의 보고하는 목소리….

좋고 나쁨의 판단 없이
지금 일어나고 있는
감각 그 자체를 잠시 느껴 보는 것입니다.

감각은 좋은 것도 나쁜 것도 아닙니다.

판단 없이 감각 자체를 느끼게 되면 마음은
과거의 기억이나 상상된 미래로 달려가지 않고
지금 이 자리로 다시 내려옵니다.

감정은 사라지지 않아도
그 감정에 휘말리는 힘은 크게 줄어듭니다.

생각에서 감각으로
단 한 걸음만 옮겨도
마음의 파도는 훨씬 잔잔해집니다.

일상에서 자연스럽게 현재로 돌아오는 작은 연습들

1) 문을 열고 나갈 때 공기를 느껴 보기

집이나 건물에서 나가거나 들어올 때 숨을 깊이 쉬고
단 3초만 공기를 느껴 봅니다. 마음이 즉시 고요해집니다.

2) 식사 중에 한 입만 온전히 맛보기

씹는 소리, 음식의 온도, 식감을 잠시 음미해 보세요.
그 한 입이 지금과 연결해 주는 문이 됩니다.

3) 샤워할 때 물의 감촉 느끼기

따뜻한 물이 내 몸을 따라 흐르는 길을 느껴 보세요.
생각은 자연스럽게 뒤로 물러납니다.

4) 걸을 때 발바닥 리듬 듣기

발이 바닥을 누르는 감촉과 그 리듬을 느껴 보세요.
걷는 동안 마음도 함께 안정됩니다.

5) 마음이 복잡할 때 호흡 알아차리기

억지로 숨을 깊게 쉬지 않아도 됩니다.
그저 '지금 들이쉬는 중이구나'
'지금 내쉬고 있네'
이 사실만 알아차리면 충분합니다.

6) 카톡 알림이 울린 뒤 잠깐 손 멈추기

알림 소리가 나도 바로 화면을 열지 않고,
지금 손과 가슴이 어떻게 반응하는지 알아차립니다.
그 짧은 멈춤이 자동 반응을 끊어 주고,
필요할 때만 메시지를 열게 도와줍니다.

7) 잠들기 전 이불의 감촉 느끼기

불을 끄고 눕는 순간, 오늘 있었던 일 대신
이불이 피부에 닿는 느낌과
몸이 매트리스에 맡겨지는 느낌을 알아차려 봅니다.
하루를 정리하려는 생각 대신,
지금 몸이 쉬어 간다는 감각에 머물면
잠으로 넘어가는 과정이 한결 부드러워집니다.

왜 현재의 감각이 기적을 만드는가

우리는 지금 이 순간보다
더 안전한 자리를 찾기 위해
오랫동안 애써 왔습니다.
더 좋은 조건, 더 나은 상황,
더 완벽한 환경을 찾아 헤매며
지금을 늘 미루고 또 미뤘지요.

하지만 진실은 너무 단순합니다.

지금 이 순간을 온전히 느끼는 그 순간,
우리는 이미 내재한 **평정심과 연결**되어 있습니다.

이 평정한 마음은
생각 감옥에서 빠져나오게 해 주고,
격정의 감정을 바로 녹여 주기도 하고,
삶의 방향을 조용히 밝혀 주기도 합니다.

기적은 과거에서도,
미래에서도 일어나지 않습니다.

기적은 언제나 **지금 여기**에서만 일어납니다.
그리고 현재의 감각은
그 자리로 들어가는 가장 쉽고 부드러운 문입니다.

우리는 어디를 가도
항상 눈앞에 '지금 여기'입니다.
회사를 가도 지금 여기에 있고,
집에 와도 지금 여기에 있고,
외국 여행을 떠나도
항상 눈앞 지금 여기에 있습니다.
눈앞에 보이는 풍경은 계속 변하지만,
지금 여기라는 사실은 변하지 않아요.
그래서 진짜 나는 변하는 몸이 아니고
바로 '지금 여기'입니다.

이 글을 마무리하며

괴로움은 마음이 현재를 이탈할 때 생깁니다.

우리가 괴로워지는 가장 흔한 이유는
삶이 힘들어서가 아니라
마음이 현재를 떠나 있기 때문입니다.

몸은 분명 여기 있지만
마음은 과거의 기억을 되씹거나
아직 오지 않은 미래를 앞당겨 살고 있습니다.
그 사이에서 불안, 긴장, 우울이 생깁니다.

이때 중요한 통찰 하나가 있습니다.
마음은 시간을 넘나들 수 있지만,
감각은 오직 '지금'에만 존재한다는 사실입니다.

이 감각들을 느끼는 순간
마음은 자동으로, 지금으로 돌아옵니다.
억지로 생각을 멈출 필요도,
감정을 없애려 애쓸 필요도 없습니다.

생각과 싸우지 않고
감각으로 돌아오기만 해도
마음은 자연스럽게 가라앉습니다.

그래서 현재의 감각은
수행의 결과가 아니라
지금 바로 사용할 수 있는 **가장 직접적인 길**입니다.

이 장이 말하는 깨어 있음이란
특별한 상태에 도달하는 일이 아니라
지금 여기에서
몸과 함께 다시 숨 쉬는 일입니다.

마음이 복잡해질수록
정답을 찾으려 하기보다
단 하나의 감각으로 돌아와 보세요.

그 순간
우리는 이미 괴로움에서 한 걸음 벗어나 있습니다.

행복한 삶을 위한 세 가지 덕목
1. 급하지 않고 천천히 하기
2. 마음을 지금 여기에 두기
3. 몸, 자연, 타인과의 연결감 느끼기

잠시 멈추고
주변의 소리에 귀를 기울여 보세요.
빗소리, 새소리, 바람 소리,
심지어는 멀리서 들리는 차량 소리까지.
소리를 듣고 있으면
우리의 마음을 과거나 미래가 아닌
지금 이 순간으로 데려다줍니다.

6

애쓰지 않고
흐름에 맡기기

꼭 뭔가를 하지 않아도 괜찮은 순간들

우리는 마음이 불편해지는 순간,
거의 자동으로 이렇게 생각합니다.
'뭐라도 해야겠다.'

상대에게 설명을 하거나, 메시지를 보내거나,
계획을 세우거나, 지금 당장 문제를
해결할 방법을 찾으려고 합니다.

그래서 '너무 애쓰지 않기'라는 말을 들으면
조금 불안해지기도 합니다.
'가만히 있으면 상황이 더 나빠지는 것 아닌가?'
'너무 애쓰지 말라는 말은
아무것도 하지 말라는 뜻인가?'

하지만 여기서 말하는 **애쓰지 않음**은
게으름이나 회피가 아니라,
지금 이 순간 이미 **일어나고 있는 흐름을 믿고**,
불필요한 개입을 잠시 내려놓고
지켜보는 태도를 말합니다.

우리가 너무 빨리 움직이기 때문에
더 꼬이는 상황들이 분명히 있습니다.
이 글에서는 '지금 당장 뭔가 해야 한다'는
압박에서 한 발 물러나
'잠시 거리를 두고 쉬어 보는 용기'가
어떻게 우리를 도와주는지 함께 살펴보려 합니다.

왜 우리는 계속 뭔가 해야 마음이 놓일까?

마음이 힘들어질 때, 우리는 두 가지를 동시에 느낍니다.
하나는 불안, 또 하나는 통제하고 싶은 마음입니다.

○ 내 감정이 불편하니 빨리 없애고 싶고
○ 상대의 마음이 불분명하니 확인하고 싶고
○ 미래가 불안하니 계획을 더 촘촘히 세우고 싶습니다.

그래서 메시지가 오면 바로 답장해야 직성이 풀리고,
갈등이 생기면 잠시 기다리기보다
곧바로 설명하고 해명하려 들고,
내가 불안하면 당장 해결책을 찾아 헤매기 시작합니다.

사실 이런 반응의 밑바닥에는
"지금 이 상태는 받아들일 수 없다"는 전제가 깔려 있습니다.
지금 이 감정, 이 상황, 이 불확실함을
그대로 두면 큰일 날 것 같으니까
뭔가를 해서 빨리 바꾸고 싶어지는 거죠.

하지만 마음의 세계에서는
'당장 급하게 움직일수록
더 꼬이는 순간'도 분명히 존재합니다.

예시 1: 조언을 해 줄수록 사이가 멀어지는 경우

친한 친구가 힘든 일을 겪고 있다고 해 봅시다.
우리는 보통 이렇게 반응합니다.

"이렇게 해 봐."
"그 사람 입장도 한 번 생각해 봐."
"네가 먼저 미안하다고 해 봐."

도와주고 싶은 마음에서 한 말인데
돌아오는 반응이 미지근하거나
오히려 친구가 더 닫히는 느낌을 받을 때가 있습니다.

한참 후에야 깨닫게 되죠.
그 친구에게 필요한 건
해결책이나 조언이 아니라,
그냥 옆에서 조용히 있어 주는 사람이었다는 것을.

'너무 애쓰지 않음'은 바로 이런 자리에서 시작됩니다.

조언을 하지 않는다는 뜻이 아니라
'지금 이 순간, 그 사람을 변화시키려 애쓰지 말고
대신 그 사람의 마음을 조금 더 들어 볼까?' 하고
한번 관심을 가지고 멈춰보는 태도입니다.

이렇게 '애쓰지 않음'을 선택하는 순간
상대의 마음이 조금씩 자기가 원해서 열리기도 하고
우리의 관계가 오히려 더 깊어지기도 합니다.

예시 2: 몸에 맡기고 기다리는 지혜

몸을 떠올려 보면 '애쓰지 않음'을
더 쉽게 이해할 수 있습니다.
제가 미국에서 대학교 교수로 지낼 때의 일입니다.

이사를 하던 중에 무거운 짐을 들다가
허리를 삐끗한 적이 있었습니다.
그날 이후로 걸을 때마다 찌릿한 통증이 올라왔고
수업 시간에 잠깐 서 있다가도 허리를 부여잡게 되었습니다.

아파 보니 가장 먼저 떠오른 생각은
'빨리 병원에 가서 어떻게든 해결해야겠다'였습니다.
그래서 정형외과 의사와 약속을 잡으려고 했더니
먼저 주치의를 만나야만 진료 예약을
넣을 수 있다고 했습니다.

한국에 있었다면 바로 정형외과로 가거나
근처 한의원에 가서 침이라도 맞았을 텐데
미국이라 그럴 수 없는 상황이었습니다.
어렵게 시간을 맞춰 주치의를 만났더니
여러 가지 검사를 해 보자고 했고
검사 비용도 만만치 않았습니다.
결과를 들으러 갔을 때 의사는 말했습니다.

"큰 이상은 보이지 않습니다.
필요하면 정형외과 선생님과 상의해 보죠."

통증은 여전했기에 저는
정형외과 의사와도 꼭 상담을 하고 싶다고 했습니다.
그런데 정형외과 진료는
가장 빠른 시간이 2주 뒤였습니다.

솔직히 많이 당황스러웠습니다.
계속 아픈 몸을 이끌고 수업을 하는 것도 힘들고
'이렇게 아픈데 어떻게 2주를 더 기다리지?'
하는 마음이 올라왔습니다.

그런데 놀라운 일이 일어났습니다.
의사를 만나기 위해 기다리던 그 2주 동안
통증이 점점 줄어들더니
진료 날짜가 가까워질 때쯤에는
허리가 아예 다 나아 버린 것입니다.

그제야 저는 아주 단순한 사실을 떠올렸습니다.
몸에는 스스로 회복하려는 힘이 있다는 것.
우리는 아플 때 의사를 찾고
약을 먹고, 검사도 받지만
결국 상처를 실제로 아물게 하는 것은
몸 자체가 가지고 있는 자연 회복력이라는 것 말입니다.

물론 아플 때 병원을 찾는 것은
매우 중요하고 필요한 일입니다.
다만 몸이 나아가는 과정 전체를
내 노력과 불안으로만 끌고 가려고 할수록
오히려 더 조급해질 수 있다는 사실을
그때 깨닫게 되었습니다.

생각해 보면
우리에게 상처가 났을 때 할 수 있는 일은
어느 정도까지입니다.
소독을 하고, 약을 바르고,
깨끗한 밴드를 붙이는 것까지입니다.
그다음부터는
몸이 스스로 회복하도록
가만히 두는 수밖에 없습니다.

딱지가 잘 생기고 있는지
하루에도 몇 번씩 들춰보면서
"왜 아직도 안 나았지?" 하며 계속 건드리면
오히려 더 오래 걸립니다.

마음도 비슷합니다.
슬픔이나 우울, 불안이 올라왔을 때
우리가 할 수 있는 일은 여기까지입니다.

○ '내가 지금 슬프구나' 하고 조용히 알아차려 주고
○ 너무 큰 위협이 되지 않도록 나를 돌봐 주고
○ 필요하다면 믿을 만한 사람이나 전문가에게
   도움을 요청하는 것까지.

그 이후에는
내 안의 자연스러운 회복력이 일하도록
기다려야 할 때가 있습니다.

그런데 우리는 마음의 상처 앞에서
자꾸 딱지를 뜯듯이 이렇게 말합니다.
"왜 아직도 안 괜찮아졌지?"
"이 감정을 빨리 없애야 하는데….'
"내가 뭔가 더 해야 하는 거 아닐까?"

이렇게 계속 건드릴수록
마음이 회복되는 속도는
오히려 더 느려지기도 합니다.

몸이 천천히 나을 시간을 주었을 때
허리가 저절로 회복되었던 것처럼
마음에도 때로는
적절한 돌봄과 더불어
'믿고 가만히 지켜보는 지혜'가
필요할 때가 있습니다.

예시 3: 행동이 상황을 더 꼬이게 만들 때

어떤 갈등이 생겼을 때를 떠올려 봅니다.
상대의 말이 마음에 걸려서
곧바로 긴 메시지를 써서 보냅니다.

"그때 네가 한 말이 너무 서운했다."
"나는 이런 의도가 아니었다."
"네가 나를 이렇게 오해하는 게 너무 힘들다."

보내고 나면 잠시 마음이 후련해지는 것 같지만
곧바로 다시 불안해집니다.

'저 사람이 이걸 어떻게 읽을까?'
'혹시 더 멀어지지는 않을까?'
'아예 답장이 없으면 어떻게 하지?'

때로는 약간의 시간이 지나
마음이 가라앉았을 때 말을 천천히 꺼냈다면
훨씬 부드럽게 풀릴 수 있었을지도 모릅니다.

그래서 너무 애쓰지 않음은
"아무 말도 하지 말고 참아라"가 아니라
"지금 이 감정의 열기에서 바로 움직이는 대신
한 번 숨을 고르고, 마음이 조금 가라앉은 뒤에
해도 늦지 않다"는 초대입니다.

잠시 멈추는 이 작은 여백이
상황을 전혀 다른 방향으로 흘러가게 만들기도 합니다.

생각이 쉬는 사이

'애쓰지 않음'은 '포기'가 아니라 '신뢰'다

'애쓰지 않음'을 선뜻 허락하지 못하는 이유는
혹시 이러다 타이밍을 놓치고
뒤처지는 건 아닐까 하는 마음이 스며들기 때문입니다.

하지만 진짜 '애쓰지 않음'은
아무렇게나 사는 포기나
아무 일도 하지 않은 채 멈춰 있는 상태를 뜻하지 않습니다.
그보다는 이미 삶 속에서 작동하고 있는
생명의 지혜와 흐름을 신뢰하는 태도를 의미합니다.

○ 상처가 스스로 아물 수 있다는 몸의 지혜
○ 감정이 자연스럽게 변화하며 흘러가는 마음의 리듬
○ 인생이 내 계획보다 훨씬 큰 흐름 속에서 움직인다는 사실

이 모든 것을 조금씩 믿어보는 시간.

"지금 당장 내가 다 조종하지 않아도
세상은 그리고 내 인생은,
어느 정도 저절로 잘 흘러가더라."

이 신뢰 위에서 쉬는 것이 '너무 애쓰지 않음'입니다.

'애쓰지 않음'의 작은 실험들

바로 오늘 해 볼 수 있는 연습을 몇 가지 적어볼게요.
완벽하게 할 필요는 전혀 없고
그냥 '한번 해 볼까?' 하는 가벼운 마음이면 충분합니다.

1. 새로운 사람을 만났을 때
나를 잘 보이려고 애쓰지 않고
자연스럽고 편안한 모습으로 상대를 대한다.

**2. 해야 하는 중요한 일이나 사람 이름이
기억나지 않을 때**
억지로 기억하려 하지 않고 시간에 맡긴다.

3. 대화 중 잠시 이어지는 침묵
참지 못해 내가 먼저 무슨 말로
그 공간을 채우려고 애쓰지 않는다.

4. 풀어야 할 문제를 잠시 '열어둔 채'
결론을 내지 않고
하루 이틀 정도를 지내본다.

5. 깜빡이는 횡단보도 초록불을 볼 때
숨이 턱에 차도록 뛰지 않고,
'다음 신호에 건너면 되지'라고 생각하며
그냥 천천히 걸어가 멈춘다.

6. 길이 막히거나 비행기가 지연될 때
   억지로 화를 가라앉히려 하기보다
   '지금 여기에서만 볼 수 있는 것'을 찾아보며
   주변 사람들, 풍경, 내 호흡에 잠시 주의를 둔다.

7. 우연히 들어온 제안이나 만남
   큰 부담이 없는 일이라면
   '원래 계획에 없었으니까 안 해' 대신
   '한번 가볍게 따라가 볼까?' 하고 열어 둔다.

이런 작은 실험들을 하다 보면
의외로 시간이 알아서 해결해 주는 일이나
급하지 않아 오히려 지혜롭게 상황을 해결하는 경우가
생각보다 많다는 것을 알게 됩니다.

물을 더 저을수록 탁해진다

'너무 애쓰지 않음'을 떠올릴 때
자주 쓰이는 비유가 하나 있습니다.

투명한 그릇에 물과 흙이 섞여 있다고 상상해 봅니다.
물이 탁하다고 해서
우리가 그 물을 숟가락으로 계속 저으면 어떻게 될까요?
흙이 더 고르게 섞여서
오히려 더 오랫동안 탁해집니다.

반대로
그릇을 가만히 두면
시간이 지나면서 흙은 바닥으로 가라앉고
윗물은 자연스럽게 맑아집니다.

우리가 겪는 많은 문제와 감정도
이와 비슷할 때가 있습니다.
물론 가끔은 적극적으로 저어야 할 순간도 있지만
이미 충분히 저어 왔다면
이제는 그릇을 잠시 내려놓고, 중력을 믿고
흙이 **스스로 가라앉도록 두어야 할 때**일지도 모릅니다.

이 글을 마무리하며

애쓰지 않음의 지혜는
아무것도 하지 않는 사람이 되자는 이야기가 아닙니다.

오히려,
꼭 필요한 행동 이외에 나머지 경우에는
더 하면 할수록 상황을 좋게 만들기보다
더 복잡하게만 만들 수도 있다는 깨달음에서 나옵니다.

불안할수록 우리는 더 움직이고 싶어지지만
그럴수록 물은 더 탁해질 수 있습니다.

잠시 멈추어 보는 용기,
당장 해결하지 않아도 된다고 스스로에게 허락해 주는 마음,
이미 일어나고 있는 흐름을 신뢰해 보는 작은 실험.

그 안에서 우리는
'내가 모든 걸 통제하지 않아도 괜찮구나' 하는
깨달음을 얻게 될 것입니다.

다음 글에서는
이 '너무 애쓰지 않음'의 태도가
특히 '관계' 속에서 어떻게 힘을 발휘하는지,
사람과 사람 사이에서 깨어 있음이 어떤 모습으로 나타나는지
조금 더 구체적으로 이야기해 보려고 합니다.

끝장 보려고 하지 마세요.
일을 망치고 크게 후회하게 됩니다.
인생의 거대한 흐름을 믿고
어느 정도까지만 하고 기다리세요.

좋은 일들은 주로 시간이 걸리고
아주 천천히 변화가 오지만,
어려운 일들은 갑자기 찾아옵니다.
좋은 일을 한다면 인내하며 꾸준히 나아가세요.
예상치 못한 어려움이 닥쳤을 때는
모든 것을 급하게 다 해결하려 하지 마시고
내게 잠시 숨 쉴 시간과 공간을 먼저 주세요.
어느 방향으로 가야 하는지는
쉬고 난 후 때가 되면 자연스럽게 알게 됩니다.

7

관계 속에서
먼저 나를 보기

관계에서 드러나는 내 마음

삶에서 가장 큰 기쁨도, 가장 큰 괴로움도
대부분 '관계'에서 시작됩니다.
나와 잘 맞는 사람과 함께 할 때 느껴지는 편안함,
기대했던 사람이 나에게 실망을 안겨줄 때의 무너짐,
사랑과 서운함이 뒤섞인 가족 관계,
애틋하지만 복잡한 연애의 감정들.

우리는 혼자서는 아무 문제가 없다가도
누군가와 얽히는 순간 갑자기 마음이 요동치고,
평온했던 하루가 단숨에 혼란스러워지기도 합니다.

그래서 마음공부라는 것도 사실
관계 속에서 완성되는 공부라고 해도 과언이 아닙니다.
혼자 있을 때의 평온함은 비교적 쉽게 유지되지만,
진짜 수행의 깊이는 누군가와 마주하는 순간
드러나는 마음의 움직임에서 확인됩니다.

이 글에서는
사람과의 관계 속에서 더 깨어 있고,
자유롭고, 따뜻해질 수 있는 길을
함께 살펴보려 합니다.

생각이 쉬는 사이

관계는 '나'를 드러내는 거울

혼자 있을 때는 잘 모르던 내 모습이
관계 안에 들어가는 순간
선명해지는 경우가 많습니다.

예를 들어,
평소에는 침착하다고 생각했던 사람이
연인의 말 한마디에 예민해지거나,
상사에게 혼난 뒤 며칠 동안 마음이
계속 무거워지는 경험을 생각해 봅시다.

그 순간 드러나는 감정들은
관계가 만들어 낸 문제가 아니라
내 안에 **원래 존재하던 것들**이
밖으로 비춰진 것에 더 가깝습니다.

관계는 나를 흔들기 위한 것이 아니라
내 마음의 구조를 보여 주는 친절한 거울입니다.

우리가 해야 할 일은
상대 잘못이나 내 탓으로 돌리고 마는 것이 아니라
관계 거울에 비친 내 마음의 움직임을
호기심을 가지고 조용히 들여다보는 일입니다.

상대 때문이 아니라, 그 감정이 내 안에 있었던 것

관계에서 마음이 가장 요동치는 순간은
누군가가 나를 '건드렸다고' 느껴질 때입니다.

- '왜 저 사람은 저런 말을 할까?'
- '왜 나에게 이런 행동을 하지?'
- '저 사람 때문에 내가 힘든 거야.'

이런 생각은 너무 자연스럽게 올라옵니다.
그런데 가만히 들여다보면
상대가 건드린 것은 '내 감정'이 아니라
이미 내 안에 자리 잡고 있던
상처, 두려움, 기대, 판단입니다.

누군가의 말에 유난히 마음이 크게 흔들린다면
그건 상대의 문제가 아니라
내 안에서 **해결되지 않은 감정**이
지금 **반응**하고 있다는 **신호**일 때가 많습니다.

왜냐면 똑같은 상사의 말을 들어도
나한테는 큰 문제라고 생각되는 일도
다른 동료에게는 종종 별로 그렇게
큰 문제로 들리지 않기 때문입니다.

이 사실을 알게 되면
관계는 더 이상 '싸워 이겨야 하는 장'이 아니라
나를 알아가는 또 다른 **공부**의 공간이 됩니다.

예시 1: 사소한 조언이 크게 느껴질 때

가족과 함께 차를 타고 가는 장면을 떠올려 봅시다.
내가 운전대를 잡고 있고
옆자리에는 배우자가 앉아 있습니다.
처음에는 대수롭지 않게 들리던 말들이
조금씩 반복됩니다.

"차선 변경은 지금 하는 게 좋겠어."
"앞차랑 너무 붙은 것 아니야?"
"브레이크를 좀 급하게 밟는 것 같아."

처음에는 '걱정해 주는구나' 하고 넘길 수 있습니다.
하지만 말이 계속 이어지는 순간,
마음속에서 강한 짜증이 갑자기 솟아오릅니다.

'내가 알아서 잘하고 있는데 왜 자꾸 간섭해?'

이 감정은
사실 운전 실력의 문제가 아닙니다.
조언이 마음속에서
다른 의미로 해석되기 시작했기 때문입니다.

'나는 스스로 판단할 능력이 없다는 뜻인가?'
'나를 무능력하다고 보는 거네.'
'당신은 나를 믿지 못하는구나.'

이 해석들은
지금 옆자리에 앉은 사람의 의도라기보다,
과거에 겪었던 불신과 실패의 트라우마,
부모님으로부터 인정받지 못해서 억울했던
분노가 다시 깨어난 결과입니다.

상대는 단순히 걱정을 표현했을 뿐인데,
우리 마음속에서는 어느새
'내 자율성을 침해했던 과거의 권위자'가 겹치거나,
'내가 무능력하다고 느끼게 만들었던
누군가'의 기억이 소환됩니다.
그래서 우리는 조언을 굴욕으로 느끼게 되는 것입니다.

이때 필요한 것은
운전대를 놓는 것이 아니라
잠시 관찰자의 자리로 물러나는 일입니다.

감정이 치솟는 순간,
조용히 스스로에게 물어볼 수 있습니다.

"이 분노는
방금 들은 이 말 때문일까,
아니면 오래전의 상처가 다시 반응한 걸까?"

예시 2: 룸메이트와의 갈등에서 본 내 마음

대학생 때 미국에서
룸메이트와 함께 살았던 적이 있습니다.
그전까지 저는 스스로를 꽤 따뜻하고,
자비심 많은 사람이라고 믿고 있었습니다.
웬만한 일에는 화도 잘 안 내고,
다른 사람을 이해하려고 노력하는 편이라고 생각했습니다.

처음 룸메이트를 만났을 때만 해도
'이 친구와는 정말 잘 지낼 수 있겠다'는
확신이 있었습니다.
둘 다 내성적인 성격에,
아시아 음식을 좋아하고,
음악 취향도 비슷했습니다.
처음 몇 주 동안은 같이 장을 보러 가고,
밥을 해 먹으며 밤늦게까지 이야기하곤 했습니다.

그런데 시간이 조금씩 지나자
작은 차이들이 하나둘 드러나기 시작했습니다.
설거지하는 방식,
잠자리에 드는 시간,
역사나 정치에 관한 생각이
조금씩 어긋나기 시작했습니다.

처음에는 '그럴 수도 있지' 하고 넘겼지만,
서로 말하지 않은 채 쌓이는 불편함이 늘어갔습니다.
예전 같으면 같이 했을 저녁 식사도
어느 순간부터 각자 따로 먹기 시작했고,
대화도 점점 필요할 때만 나누게 되었습니다.

그러다 어느 날,
지금 돌이켜 보면 정말 사소한 일로 다투게 되었습니다.
누가 먼저 설거지를 해야 하는지,
오늘은 누가 청소를 했는지 같은 문제였습니다.
그 일을 계기로 우리는 며칠 동안
서로 거의 말을 하지 않았습니다.
같은 집에 살면서도
얼굴을 피해 다니고,
일부러 식사 시간을 엇갈리게 하기도 했습니다.

그때 저는 제 안에서
전혀 예상하지 못했던 모습을 보게 되었습니다.
'저 사람이 먼저 사과하기 전까지는
나도 입을 열지 않겠다.'
'내가 이렇게까지 불편한데
왜 저 사람은 아닌 척할까?'
마음속에서는 어린아이처럼 삐지고
작은 것 하나까지 계산하는
유치하고 쪼잔한 목소리가 끊임없이 올라왔습니다.

그 경험을 통해
저는 단지 룸메이트의 문제만 본 것이 아니라
제 안에 오래 숨어 있던 이기심과 불안,
'늘 착해야 한다'는 자의식이
깨지지 않으려고 발버둥 치는 모습을
처음으로 또렷이 바라보게 되었습니다.

그전까지 저는
'나는 원래 따뜻하고 이해심 많은 사람'이라고
스스로를 정의해 왔습니다.
하지만 룸메이트와의 갈등 속에서 드러난 저는
전혀 그렇지 않은 면도
분명히 가지고 있는 사람이었습니다.

그때 깨달았습니다.
우리 누구에게나
예쁘고 따뜻한 모습만 있는 것이 아니라
직면하고 싶지 않은 불편한 마음,
수치심과 두려움, 이기심과
지기 싫어하는 에고도
함께 자리하고 있다는 것을요.

관계 속에서 마음이 크게 요동칠 때
우리가 볼 수 있는 것은
상대의 문제만이 아닙니다.

그 반응을 통해
내 안에 이미 있던 상처와 두려움,
기대와 집착이 함께 비춰집니다.

그래서 관계는
상대를 고치기 위한 전장이 아니라
내 마음의 구조를 보여 주는
아주 정직한 거울이 됩니다.
그 거울을 통해
'저 사람 때문에'만이 아니라
'내 안에 이런 모습도 있었구나' 하고
볼 수 있을 때, **관계는** 비로소
나를 알아가는 공부의 장이 됩니다.

관계에서 상대가 아니라 나를 먼저 보는 것

우리는 보통 관계가 흔들릴 때
상대방이 변해야 한다고 생각합니다.

'저 사람이 저런 행동을 안 하면 좋을 텐데….'
'왜 저 사람은 나를 이해해 주지 않을까?'

하지만 관계에서 깨어 있다는 것은
상대를 바꾸려는 마음이 아니라
내가 지금 무엇을 느끼고 있는지,
내 안에서 어떤 이야기가 만들어지고 있는지
섬세하게 알아차리는 태도입니다.

이런 관찰이 들어가면
감정이 즉시 행동으로 이어지지 않고
관계가 한층 성숙해집니다.

관계에서 필요한 '작은 연습' 세 가지

1. **불편한 마음이 들 때 호기심 갖기**
   인간관계에서 갑자기 불편한 마음이 들 때
   그냥 상대 탓이나 내 탓으로만 돌리지 말고
   '왜 이 점이 나는 불편하다고 느낄까?' 하고
   호기심을 가지고 바라봅니다.
   '이 관계가 눌러 놓고 해결하지 못한 내 안의
   어떤 모습을 지금 비추어 주고 있나?' 하고
   천천히 살펴보는 것입니다.

2. **상대의 말 뒤에 있는 감정을 보기**
   상대가 나에게 화를 냈다면
   그 뒤에 숨은 감정은 종종 상처, 두려움, 외로움입니다.
   '상대는 지금 어떤 상황에 처해서, 아니면
   자란 가정 환경이 어떠해서 지금처럼
   행동하나?' 하고 궁금해하는 것입니다.
   말의 표면만 보면 오해가 쌓이지만
   그 뒤에 있는 감정과 이유를 알게 되면
   마음이 훨씬 너그러워집니다.

3. 내 고정관념과 기대 내려놓기

관계의 많은 고통은 상대 때문이 아니라
내가 평소 가지고 있는 '사람은 이래야 돼' 하는
고정관념에 대한 집착 때문인 경우가 많습니다.
내 안에서 조용히 쌓여온 기대나 고정관념과
다르게 행동을 하면 내가 실망하고 화가 납니다.
반대로 내 기대와 고정관념의 집착이 줄어들면
관계는 훨씬 유연해지고 자유로워집니다.

4. 상대를 내 마음에 맞게 바꾸려 하지 않기

보통 자신의 어떤 부분을 못 받아들이면
그 부분이 다른 사람에게 투사되어
자신을 바꾸려 하기보다
상대를 내 마음에 맞게 바꾸려 합니다.
나는 왜 상대의 어떤 부분이 눈엣가시처럼
걸리는지, 내 안에 어떤 부분을 내가 수용하지
못하고 있는 것인지 깊이 들여다봅니다.

이 글을 마무리하며

관계에서 깨어 있다는 것은
상대를 분석하거나 고치려는 것이 아니라
'내 안에서 **지금 어떤 감정이 움직이고 있는지**'
섬세하게 바라보는 일입니다.

관계는 나를 가장 선명하게 비춰주는 거울입니다.
그 거울을 미워하지 말고
그 속에서 드러나는 내 마음을
부드럽게 바라보는 순간,
관계는 새로운 공간을 열어 줍니다.

내 마음을 이렇게 바라보기 시작하면
'나는 왜 이럴까'라는 자기 비난도
조금씩 힘을 잃습니다.

그 대신
'아, 내 안에 이런 상처와 두려움도 있었구나' 하고
조금 더 다정한 시선으로 나를 만날 수 있습니다.

상대와의 갈등이 터질 때마다
생각으로 상대를 분석하고 이기려 들기보다,
생각이 잠시 쉬는 사이에 올라오는
솔직한 감정과 오래된 외로움,
인정받고 싶었던 마음을 느껴 주는 것.
그 순간 관계는 나와 남을 공격하는 자리가 아니라
이미 온전한 내가 다시 나를 만나는 자리가 됩니다.

남을 욕하고 험담하는 말은
결국 자기 이야기입니다.

그들이 나를 어떻게 대하는가는
그들이 지금 만들고 있는 업이고 선택입니다.
그러나 그들에게 어떻게 반응할지는
내게 달려 있습니다.
즉각 화나 짜증으로 반응하기보다
그들이 어떤 환경에서 태어나 성장했고
지금 어떤 상황에 놓여 있는지
한번 자세히 살펴보세요.
타인을 정말로 이해하게 되면
화나 짜증의 반응은 많이 줄게 되고
그 자리를 수용과 연민이 대신하게 됩니다.
그리고 그 이해가 가져온 넓은 마음은
내 마음을 크게 흔들리지 않게 보호해 줍니다.

8
마음이 만드는
세계 알아차리기

세상은 '있는 그대로' 보이지 않고,
'내 마음의 상태'에 따라 드러난다

살다 보면 이런 경험을 해본 적이 있을 것입니다.
어떤 날은 모든 것이 잘 풀리고,
사람들도 따뜻하게 느껴지고,
심지어 길거리에 피어 있는 작은 꽃도
유난히 아름답게 보입니다.

하지만 또 어떤 날은
똑같은 일상이 갑자기 버겁고,
사람들의 표정은 무뚝뚝해 보이고,
작은 일에도 예민해지고,
세상이 나를 힘들게 하는 것 같기도 합니다.

이 두 세계의 차이는
세상이 달라져서가 아니라
내 마음의 상태가 달라졌기 때문입니다.

늘 그대로인 세상도
그 세상을 바라보는 '마음의 창'이 달라지면
보이는 세계도 완전히 달라집니다.

즉, 우리는 세상을 '있는 그대로' 보는 것이 아니라
나의 마음을 통해 세상을 보고 있는 것입니다.

우리가 얼마나 '내 마음대로' 세상을 보는지

이를 아주 분명하게 보여 주는
흥미로운 심리학 실험이 하나 있습니다.
미국 다트머스 대학교(Dartmouth College)에서
1980년에 했다고 하는데요.

먼저 실험 참가자들의 얼굴에
아주 흉측한 상처 분장을 해 주었습니다.
참가자들은 거울을 통해
자신의 얼굴에 난 커다란 상처를 직접 확인했습니다.

연구진은 이렇게 말했습니다.
"이제 밖으로 나가
낯선 사람들과 대화를 나누며
사람들이 당신의 상처에
어떻게 반응하는지 관찰해 오세요."

하지만 한 가지 중요한 사실이 숨겨져 있었습니다.
참가자들이 밖으로 나가기 직전,
"분장이 잘 되었는지 확인해 주겠다"며
연구진은 그 상처를 깨끗이 닦아 냈습니다.
얼굴에는 아무 흔적도 남아 있지 않았지만,
참가자들은 그 사실을 모른 채
여전히 '내 얼굴에 큰 상처가 있다'고 믿으며
밖으로 나갔습니다.

믿는 대로 세상이 보인다

실험이 끝난 뒤
참가자들은 하나같이 분노와 서운함을 호소했습니다.

"사람들이 계속 내 얼굴을 힐끔거렸어요."
"표정이 차갑게 느껴졌어요."
"괜히 불편하게 대하는 것 같았어요."

그들의 확신은 아주 분명했습니다.
'나는 외모 때문에 차별을 당했다.'

하지만 사실은
그들의 얼굴에 상처는 없었습니다.
사람들은 평소와 다름없이
평범하게 반응했을 뿐입니다.

그렇다면 그들이 느낀 무례함과 차가움은
도대체 어디에서 온 걸까요?

바로
'내 얼굴에는 상처가 있다'고 **믿는 마음**에서
나온 것이었습니다.
상처받을 준비가 되어 있었기 때문에
상대의 아무 의미 없는 눈길도
비난과 거절로 해석해 버린 것입니다.

우리는 모두 이런 ‘마음의 분장’을 하고 산다

이 실험은
우리의 일상과 놀랍도록 닮아 있습니다.

‘사람들은 다 이기적이야.’
‘세상은 참으로 살벌하고 차가워.’
‘나는 처음엔 잘 나가다 나중엔 항상 안 좋아.’

이런 마음의 분장을 하고 세상을 바라보면
세상은 정말 그렇게 보이기 시작합니다.
사람들의 중립적인 반응도
차갑게 느껴지고,
아무 의도 없는 말도
나를 공격하는 메시지처럼 들립니다.

반대로 어떤 사람은
‘나는 항상 일이 잘 풀려’
‘사람들은 나를 쉽게 좋아해 줘’
‘세상은 참으로 따뜻한 곳이야’
라는 마음의 분장을 하고 세상으로 나갑니다.

그러면 신기하게도
비슷한 상황에서도
도움의 손길이 더 잘 보이고,
사람들의 무심한 표정에서도
호의와 여지를 읽어냅니다.

예시: 같은 말도, 마음이 다르면 다르게 들린다

회사에서 이런 상황을 떠올려 봅시다.
하루는 아침부터 몸이 가볍고 컨디션이 좋습니다.
출근길에도 기분 좋은 노래를 들으며 왔고,
팀장에게도 방금 칭찬을 한마디 들었습니다.

그때 동료가 다가와 이렇게 말합니다.
"이번 보고서, 수정 좀 부탁드려요."

이 말은 이렇게 들릴 수 있습니다.
'아, 이 친구도 바쁘겠지만 나를 믿고 맡기는구나.'
'조금만 도와주면 팀이 더 좋아지겠지.'

마음 한쪽에서 자연스럽게 여유가 느껴지고
도와주고 싶은 마음이 올라옵니다.
보고서를 고치는 동안에도
'그래, 이 부분은 내가 더 잘할 수 있지' 하는
작은 자신감이 함께 합니다.

그런데 몇 달 후 다른 날을 떠올려 봅시다.
전날 늦게까지 야근을 해서 잠이 부족했고,
아침에는 지하철에서까지 일 생각으로 가득했습니다.
회의에서 아이디어가 제대로 받아들여지지 않아
이미 자존감이 한껏 내려간 상태입니다.

그런데 똑같은 동료가
똑같은 말투로 다가와 말합니다.
"이번 보고서, 수정 좀 부탁드려요."

이번에는 그 말이 이렇게 들립니다.
'지금 것도 마음에 안 든다는 거네.'
'나는 왜 매번 이런 일만 맡게 될까?'
'능력이 없다고 생각하나 보다.'

입으로는 "네" 하고 대답했지만
속에서는 서운함과 분노가 동시에 올라옵니다.
보고서를 고치는 동안 내내
'이 사람은 왜 직접 안 하고 나만 시키지?' 하는
불만이 머릿속을 떠나지 않습니다.

말은 둘이 완전히 똑같았습니다.
달라진 것은 오직
상대의 문장도, 표정도 아니라
그 말을 듣는 내 마음 상태였습니다.

그래서 관계를 풀어 가는 첫걸음은
상대방의 말투를 분석하고 고치려고 애쓰기보다
지금 내 마음이 어떤 렌즈를 끼고
세상을 보고 있는지 살펴보는 데 있습니다.

'지금 나는 이미 지친 상태라
작은 말에도 예민하게 반응하는 건 아닐까?'
'지금 이 말을 듣기 전에
내 안에 있던 두려움이나 서운함이
이미 꽉 차 있었던 것은 아닐까?'

이렇게 조용히 나를 한 번 돌아보는 순간,
동일한 한 문장도
내 안에서 전혀 다른 의미로 다가옵니다.
그리고 그 작은 알아차림이
관계를 조금 더 부드럽고 자유로운 방향으로
천천히 돌려놓기 시작합니다.

'세상이 나에게 냉정하다'는 느낌이 들 때

혹시 이런 생각이 들 때가 있나요?

○ 요즘 유난히 사람들이 차갑게 느껴진다.
○ 세상이 나에게 너무 가혹하다.
○ 왜 이렇게 모두가 나를 어렵게 할까?

이 감정은 대부분
내 몸과 마음이 지치거나 닫혀 있을 때 찾아옵니다.
세상의 여러 다채로운 모습들 가운데
지금 내 느낌과 부합하는 모습이 먼저
내 눈에 들어오기 때문입니다.

이 사실을 자각하면
우리는 세상 탓을 주로 하는 것에서
힘들어하는 내 몸과 마음을
좀 더 돌보는 쪽으로
방향을 틀어 쉼을 선택할 수 있습니다.

그리고 이 사실을 정확히 느끼기 시작할 때
우리는 처음으로
'세상이 나를 휘두른다'는 느낌에서 벗어나
내가 세상의 주인으로서,
주도권을 가지고 사는 법을 터득하게 됩니다.

마음이 따로, 세상이 따로 있지 않다

중요한 점은
이 이야기가 "긍정적으로 생각하라"는
조언이 아니라는 것입니다.

상처를 부정하라는 말도 아니고,
세상이 늘 친절해야 한다는 말도 아닙니다.

다만 이런 물음을
한번 건네보는 일입니다.

"지금 내가 보고 있는 것은
세상의 객관적인 모습일까,
아니면 내 마음의 투사일까?"

이 질문이 들어가는 순간
우리는 자동 반응에서
한 발짝 물러납니다.
그리고 그 여백에서
내 해석은 서서히 힘을 잃습니다.

이 글을 마무리하며

세상이 바뀌어야 내가 편해질 거라고
우리는 자주 생각합니다.
하지만 많은 경우
편안함은
세상을 바라보는 나의 마음이
먼저 너그럽고 부드러워질 때 찾아옵니다.

마음이 달라지면
관계가 달라지고,
관계가 달라지면
세상은 전혀 다른 얼굴로 나에게 다가옵니다.

이 사실을 알아차리는 순간,
우리는 더 이상
세상을 상대로 끊임없이 맞서 싸우거나
내 뜻대로 움직여주지 않는 현실 앞에서
번번이 좌절할 필요가 없어집니다.

세상이 나에게 무엇을 주고
무엇을 빼앗아 가는지의 문제가 아니라,
이 세상이 지금 내 앞에
어떤 모습으로 드러나게 할 것인가에 대한
열쇠가 이미 나에게 있었다는 사실을
조용히 깨닫게 됩니다.

우리는 마음속에 자리한
분별의 렌즈를 통해 세상을 보면서,
그렇게 보이는 모습이
세상의 본래 모습이라고 착각합니다.

삶이 무의미하거나
불안한 생각이 올라오면
저는 길을 걸으며 조용히 축복을 해요.
'내 앞에 보이는 분이
건강하고 평온하고 행복해지시길!
원하는 일이 이루어지시고 보호받으시길!'
마법처럼 무의미함과 불안함이
잔잔한 기쁨으로 바뀌어요.
한번 꼭 해 보세요.

세 번째 장

생각이 쉬면
깨닫는 것들

세 번째 장에 들어가며
_'나'라고 믿어 온 것에서 한 걸음 물러서기

두 번째 장에서는
일상에서 마음이 반응하는 순간들을 살펴보며
조금 덜 흔들리고,
조금 덜 끌려가는 연습을 해 보았습니다.

그 과정에서 어떤 독자들은
이런 느낌을 받았을지도 모릅니다.
'어떻게 마음을 써야 하는지는 알겠는데,
아직 근본적인 질문은 남아 있는 것 같아.'

그 질문은 대부분 이 지점으로 이어집니다.
"도대체 이 모든 생각과 감정을 겪고 있는
'나는 누구일까?'"

세 번째 장에서는
이 질문을 정면에서 마주하는 자리입니다.
우리가 오랫동안
'나'라고 믿어 온 것들,
성격, 역할, 감정, 생각, 과거의 이야기를
하나씩 천천히 살펴보며

그것들이 정말 나의 전부인지 묻기 시작합니다.

이 부분은
정답을 빨리 얻는 공부라기보다
익숙한 관점을 잠시 내려놓는 여정에 가깝습니다.
그래서 때로는 낯설고,
예전 관념이 흔들리는 느낌이 들 수도 있습니다.

하지만 바로 그 흔들림 속에서
지금까지 한 번도 의심해 본 적 없던
'나'에 대한 믿음이 느슨해지고,
그 틈에서 이전보다 훨씬 넓은 자유가
조용히 모습을 드러냅니다.

세 번째 장에서는
새로운 나를 만들어 내려 하지 않습니다.
대신
지금까지 너무 당연하게 붙잡고 있던
'나에 대한 생각'에서
조금씩 손을 떼는 연습을 함께 해 보려 합니다.

9

진정한 나는
무엇인가

이야기로는 규정할 수 없는 훨씬 넓은 존재

인스타그램 프로필을 새로 만든다고 상상해 봅시다.
'자기소개'란에 뭐라고 쓸까요?

"직장인 / 두 아이의 엄마 / 운동 좋아함"
"프리랜서 디자이너 / 커피 애호가 / 여행 좋아함"

타이핑을 하다가 문득 이런 생각이 들 수 있습니다.

'이게 다 나인가?'
'5년 전의 나는 지금과는 다른 사람이었는데…'
'만약 **이 역할들이 다 사라지면, 남는 게 뭐지?**'

또 다른 장면을 떠올려 봅니다.
오랜만에 결혼식장에 갔더니 초등학교 동창이 이렇게 말합니다.

"야, 너 하나도 안 변했다!"

하지만 속으로는 이렇게 생각합니다.
'무슨 소리야, 나 진짜 많이 변했는데…'

초등학교 때의 나, 대학 때의 나, 첫 직장에 들어갔을 때의 나
그리고 나이가 들어서 지금의 나.

다 같은 사람이라고 부르지만
성격도, 좋아하는 것도, 심지어 가치관도 많이 달라졌습니다.

얼마 전에는 평생을 큰 회사의 임원으로 치열하게 살아오다
은퇴하신 한 분과 차를 마신 적이 있습니다.
그분은 잠시 말이 없더니
지갑에서 텅 빈 명함 케이스를 꺼내 보이셨습니다.

"스님, 참 이상합니다.
평생 저를 설명하던 '상무'라는
두 글자가 사라지니까
제가 껍데기만 남은 기분이에요.
아침에 눈을 뜨면 갈 곳도 없고,
저를 부르는 사람도 없으니….
제가 사라져 버린 것 같아요."

우리는 평생 '명함 속의 나'를
진짜 나라고 믿으며 살아옵니다.
엄마라는 역할, 팀장이라는 직함,
'착한 사람'이라는 평판까지.

그런데 그 이름표가 떨어져 나간 날,
우리는 갑자기 당황합니다.

"이름표가 없으면 나는 없는 걸까?"

이 글은 바로 이 질문에서 시작합니다.
"그동안 내가 나라고 믿어 온 이름표가
정말 '진짜 나'였을까?"

생각이 쉬는 사이

만나는 사람과 상황이 변하면 나도 변한다

조금만 들여다보면,
우리가 '나'라고 부르는 것들은 거의 대부분
변하는 것들로 이루어져 있습니다.

이름, 직업, 역할, 성격, 취향, 감정, 생각.
이 모든 것은 만나는 사람과 상황이 바뀌면 함께 변합니다.

회사에서의 나는 진지한 사람인데
친구들과 있을 때는 장난기 많고 유머가 넘치고,
가족 앞에서는 말수 적은 무뚝뚝한 사람이 되기도 합니다.

그러면 그중 어떤 모습이 '진짜 나'일까요?
사실은 이 모든 모습이 '나의 일부'이면서,
그것이 또 다 전부는 아닙니다.

한 대학생은 평생 자신을
"나는 내성적인 사람이야"라고 소개해 왔습니다.
그런데 게임이나 좋아하는 취미 이야기가 나오면
처음 보는 사람과도 두 시간씩 떠듭니다.
동아리 MT에서는 노래방 마이크를 잡고
제일 먼저 노래를 부르기도 합니다.

이럴 때 우리는 보통 이렇게 정리해 버립니다.
"그래도 기본 성격은 내성적인 거야."

하지만 더 정확하게 말하면,
'나는 때로는 조용하고,
때로는 누구보다 활발하게 행동하는 사람'입니다.

우리는 스스로 생각하는 것보다
훨씬 더 유동적이고, 넓고, 복잡한 존재입니다.
시간과 장소, 함께 있는 사람에 따라
다른 모습이 자연스럽게 드러납니다.

그런데도 우리는 이 많은 모습들 가운데
몇 가지만 골라 붙잡고 이렇게 말합니다.

"나는 원래 이런 사람이야."
"나는 사람을 잘 믿지 못하는 사람이야."
"나는 이런 성향이니까 어쩔 수 없어."

이런 말들은 과거의 경험과 기억이 뭉쳐 만들어 낸
'이야기 꾸러미'에 가깝습니다.
그 이야기가 나를 설명하는 데 도움이 될 때도 있지만,
그것만이 나의 본질이라고 믿기 시작하면
오히려 나를 좁은 틀 안에 가두게 됩니다.

'좋아요' 숫자와 명함이 말해 주지 못하는 것

우리는 인스타그램에 사진을 올릴 때마다
기분이 종종 롤러코스터를 탑니다.

'좋아요'가 100개 달린 날은
'그래, 나 꽤 괜찮은 사람이야' 하고 자신감이 생기고,
'좋아요'가 10개밖에 달리지 않으면
'역시 나는 별 볼 일 없나 봐' 하는 생각이 들죠.

그러면서 어느 순간부터
'진짜 자기가 하고 싶은 말'보다
'팔로워들이 좋아할 것 같은 말'을
쓰는 날이 점점 더 많아졌습니다.

은퇴한 임원님의 명함,
SNS의 '좋아요' 숫자,
사람들이 나에게 붙여준 여러 이름과 평가들.

이 모든 것은
'나에게 붙어 있는 것'이지
'나 자체'는 아닙니다.

마치 옷을 벗으면 옷은 사라지지만
나는 여전히 남아 있듯이,
직함과 평가가 사라져도
어딘가에는 여전히 '나'가 느껴집니다.

문제는 우리가 너무 오랫동안
옷과 이름표만 보느라
그 안에 늘 함께 있었던
'이름 붙일 수 없는 나'의 자리를
잊고 살아왔다는 것입니다.

'변하는 나'를 바라보는 '변하지 않는 나'

여기서 중요한 질문이 하나 생깁니다.

"도대체 이 모든 생각과 감정을 겪고 있는
'나는 무엇일까?'"

오늘은 우울했다가
내일은 조금 가벼워질 수 있습니다.
지금은 화가 났다가
잠시 후에는 편안해질 수도 있습니다.

감정은 계속 바뀝니다.
하지만 그 감정이 일어났다가 사라지는 것을
알고 있는 어떤 자리는
바뀌지 않고 조용히 그 자리에 있습니다.

생각도 마찬가지입니다.

오늘은 '나는 부족해'라고 생각했다가
며칠 뒤에는 '그래도 꽤 잘하고 있어'라고
다른 생각이 떠오르기도 합니다.

하지만 그 생각들이 오고 가는 것을
알아차리는 자리는
생각이 바뀐다고 함께 바뀌지 않습니다.

그래서 이렇게 말할 수 있습니다.

생각을 아는 나는, 생각이 아닙니다.
감정을 아는 나는, 감정이 아닙니다.

감정이 일어나기 전에도 있었고,
감정이 사라진 뒤에도
조용히 남아서 아는 그 자리.

마치 영화 장면은 바뀌어도
그 장면들을 드러내는
'하얀 스크린 화면' 같은 자리.

이 아는 자리는 정해진
모양도 없고, 색깔도 없고, 소리도 없이
텅 비어 있어 "공(空)하다"고 표현합니다.

우리가 정말 찾고 있던 '진정한 나'는
어쩌면 "이게 나야" 하고
손가락으로 가리킬 수 있는 무엇이 아니라,
생각과 감정, 역할이라는 옷들을
수없이 갈아입는 동안, 그 전체 과정을
묵묵히 알아차리는 그 마음입니다.

예시: 감정은 파도, 나는 바다

이 사실을 이해하기 쉽게 하기 위해
자주 쓰이는 비유가 하나 있습니다.

마음은 바다와 같고
생각과 감정은 파도와 같습니다.

바다는 늘 바다입니다.
그 위로 잔잔한 물결이 일어날 때도 있고,
폭풍이 몰아쳐 거친 파도가 솟구칠 때도 있습니다.

하지만 파도가 아무리 커도
바다 자체는 부서지지 않습니다.
파도는 일시적인 모양일 뿐,
조금 지나면 다시 잔잔해집니다.

우리의 내면도 이와 비슷합니다.

불안, 분노, 슬픔, 설렘 같은 감정들은
어느 날 갑자기 일어났다가
언젠가 반드시 지나갑니다.

그런데 우리는 파도 모양에만 몰입해
이렇게 말하곤 합니다.

"나는 항상 불안한 사람이야."
"나는 원래 예민한 사람이야."

하지만 조금 멀리서 바라보면,
불안은 '**지금 잠시 일어난 파도** 모양'일 뿐
그 파도가 일어날 수 있도록
넓게 열려 있는 바다 같은 자리가
항상 먼저 있었습니다.

그 바다 같은 자리가 바로
'알아차리는 나'입니다.

지금 여기서 직접 확인해 보기

이제 이 알아차림을
잠깐 직접 확인해 보겠습니다.

지금 이 순간,
눈앞의 글자가 보입니다.
‘보인다’고 아는 그 느낌은
뭐가 느끼고 아나요?
아는 그것은 모양이 있나요?

주변의 작은 소리들이 들립니다.
그 소리가 난다는 사실을
뭐가 알고 있나요?
아는 그것은 모양이 있나요?

‘아, 이런 말이구나’ 하는 생각이 떠오릅니다.
그 생각이 떠오르는 것을
뭐가 알아차리고 있나요?
아는 그것은 모양이 있나요?

알아차리는 마음은
우리 눈으로 볼 수도 없고,
우리 손으로 잡을 수도 없고,

정확한 위치를 찾을 수도 없지만,
지금 여기 이렇게 생생하게 살아서
일체를 보고, 듣고, 안다는 사실은
부정할 수가 없습니다.

이 알아차림은
이름이 바뀌어도,
직업과 역할이 바뀌어도,
세월이 가고 몸이 늙어가도,
과거의 기억이 흐려져도
계속해서 변하는 이 삶과
늘 함께해 왔습니다.

다섯 살 때 "엄마다!" 했을 때의 그 알아차림,
스무 살 때 '내 인생에도 첫사랑이
드디어 왔구나' 하는 그 알아차림,
지금 이 글을 읽고 아는 그 알아차림이
사실은 같은 무형(無形)의 마음이라는 것을
어렴풋이 느껴 볼 수 있습니다.

우리는 그동안
생각과 감정, 역할의 내용에만 시선을 두고
이 알아차리는 마음을 놓치고 살아왔을 뿐,
이 마음은 한 번도 우리를 떠난 적이 없습니다.

이 글을 마무리하며

우리가 보통 '나'라고 부르며 살아온 것은
고정된 어떤 실체라기 보다는
시간과 상황에 따라 계속 바뀌어 온
수많은 역할과 이야기들의 모음이었습니다.

역할은 바뀌고, 감정은 오르내리고,
생각은 끊임없이 흘러갑니다.

하지만 그 모든 변화 위에서
조용히, 그리고 한결같이 모든 것을
아는 마음자리는 늘 그대로 머물러 있습니다.
생각이 일어나는 것도 알고,
감정이 사라지는 것도 아는
이 알아차림의 마음자리가
우리가 찾고 있던 진짜 '나'입니다.

다만 여기서 한 가지
아주 미묘한 주의점이 있습니다.

이 자리를 '진정한 나'라고 부르는 순간,
마음은 또 하나의 대상을 만들어
어딘가에 변하지 않는 '나'라는 자리가
따로 있는 것처럼 상상하기 쉽습니다.

그래서 다음 글에서는
이 표현이 불러올 수 있는 또 다른 착각을
조금 더 섬세하게 살펴보려 합니다.

과연 '진정한 나'는
세상과 떨어져 별도로 존재하는 어떤 것일까요,
아니면 애초에
우주 전체와 분리된 적이 한 번도 없었던 것일까요?

'따로 있는 나'라는 생각이
어떻게 생겨났는지,
그리고 그 생각을 내려놓을 때
어떤 자유가 열리는지를
다음 글에서 계속해서 함께 살펴보겠습니다.

생각이 쉬는 사이

당신은 자신에 대한
수많은 이야기를 쌓기 전,
본래 무엇이었나요?

본래 우리는
변함없는 하늘 전체이지,
그 안에서 변화하는 날씨가 아니에요!
끝없이 변화하는 날씨를
나라고 여기고 날씨에만 관심을 가지면
진짜 나인 여여한 하늘 모습을
죽을 때까지도 모르고 죽게 됩니다!

10

따로 있는
나는 없다

세상과 따로 분리된 내가 있을까요?

앞의 글에서는
역할과 성격, 과거의 이야기들은
변하는 것일 뿐, 진짜 나는
그 모든 변화를
알아차리는 자리임을 살펴보았습니다.

이번에는
조금 더 깊이 들어가
그 '나'마저도 사실은
우주와 따로 떨어진 실체가 아니라는 것을
생활 속 예시와
작은 실험들을 통해 함께 살펴보려 합니다.

예시: "내 생각" vs "그냥 생각"

명상을 시작한 지 꽤 오래된 지인이
최근 명상 중에
이상한 경험을 했다고 이야기했습니다.

가만히 숨을 느끼고 있는데
갑자기 이런 생각이 올라왔습니다.

'저녁에 뭐 먹지?'

예전 같으면
"또 잡념이네, 나는 왜 명상을 못 할까?"
하고 바로 자책했을 텐데
이번에는 그 생각을 붙잡지 않고
그냥 조용히 지켜보기로 했습니다.

그러자 생각이
조금 머물다가
저절로 희미해지더니 사라졌습니다.

"어? 내가 일부러 없앤 게 아닌데
그냥 지나가 버렸네."
그때 제 지인은 깨달았습니다.

"이건 '내' 생각이라기보다
그냥 '생각'이구나."

누가 특별히 만든 것도 아니고
누가 애써 없앤 것도 아닙니다.
식사 시간이 가까워진 조건으로 인해 일어났다가
시간이 지나니 생각 스스로가 사라진 것입니다.

구름이
'내 구름'이라서 떠올랐다 사라지는 것이 아니라
하늘과 바람, 온도와 습도가 맞으니 생겼다가
인연이 다하면 흩어지듯,
생각도 그렇게 마음 하늘을 지나갈 뿐입니다.

생각이 쉬는 사이

호흡은 누가 하고 있을까?

이번에는 호흡을 떠올려 봅니다.
지금 이 순간에도
숨이 들어오고 나가고 있습니다.

"누가 숨을 쉬고 있을까요?"

보통은
"당연히 내가 쉬고 있지"라고 답하지만
조금만 자세히 들여다보면
이상한 점이 보입니다.

○ 폐가 팽창하고 수축합니다.
○ 횡격막이 위아래로 움직입니다.
○ 산소가 혈액으로 들어가고
   이산화탄소가 배출됩니다.

이 복잡한 과정들을
내가 하나하나 조종하고 있을까요?

우리는 대부분
단 한 번도 의식적으로 명령하지 않았습니다.
심지어 깊이 잠든 동안에도
호흡은 멈추지 않습니다.

그렇다면 이렇게 표현하는 편이
조금 더 정확합니다.

"내가 숨을 쉰다" 보다는
"호흡이 일어나고 있다."

같은 맥락에서

"내가 생각을 만든다" 보다는
"생각이 일어나고 있다."

"내가 감정을 소유한다" 보다는
"감정이 일어나고 있다."

몸, 생각, 감정, 호흡, 기분….
이 모든 것은
조건이 맞으면 일어나고
조건이 사라지면 조용히 사라지는
자연스러운 흐름입니다.

그 가운데 어디에도
이 모든 것을 소유하고 조종하는
단단한 주인을
정확히 가리켜 보여 줄 수 없습니다.

'나'를 찾는 작은 실험

정말로 '따로 있는 나'를
찾을 수 있을까요?

집에서 조용히
다음 세 가지를 하나씩 살펴보며
작은 실험을 해 보세요.

1. 몸을 살펴보기

몸은 늘 '나'라고 느껴지지만 자세히 보면
몸에서 일어나는 일 대부분은 **내 마음대로** 되지 않습니다.
심장은 스스로 뛰고,
소화는 내가 지시하지 않아도 일어나며,
피곤해지지 않으려 해도 피곤해지고,
잠들고 싶다고 바로 잠들 수 있는 것도 아닙니다.
만약 몸이 온전히 '나'라면
이 모든 과정이 내 뜻대로 되어야 하지만
몸은 항상 **자기 방식대로** 움직입니다.

2. 생각을 살펴보기

'1분 동안 아무 생각도 하지 말아야지'
하고 결심해 보세요.
곧 다른 생각이 스멀스멀 올라올 것입니다.
만약 생각이 진짜 '나'라면

내 마음대로 멈출 수 있어야 합니다.
하지만 우리는
생각의 출현도, 소멸도
정확히 통제하지 못합니다.

3. 감정을 살펴보기

지금 당장 '기뻐하겠다'고 마음먹는다고
곧바로 진짜 기쁨이 막 올라오지는 않습니다.
감정은 상황과 기억, 몸 상태가 겹칠 때
자연스럽게 일어났다가
인연이 다하면 가라앉습니다.

몸, 생각, 감정 어느 하나도 내 마음대로 되지 않습니다.
즉, 내 조정 범위 밖에 있는 몸, 생각, 감정들을
완전히 '나'라고 부르기는 좀 어렵습니다.

파도와 바다 그리고 '전체 속의 나'

이 지점을 이해하는 데
가장 쉬운 비유는 파도와 바다입니다.

파도는 분명 존재합니다.
눈에 보이고, 소리가 나고,
물보라를 일으키며
우리 몸을 세차게 때리기도 합니다.

하지만 파도를
바다에서 떼어 내어
"이게 파도야" 하고
따로 들고 다닐 수는 없습니다.
파도는 언제나 바다와 함께 있습니다.

우리도 이와 비슷합니다.

우리는 분명
여기에 존재합니다.
숨 쉬고, 생각하고, 느끼고,
웃고, 울고, 사랑합니다.

하지만 조금만 넓게 보면
우리는 공기와 물, 햇빛과 땅,
부모와 스승, 친구와 사회,
과거의 수많은 경험과
현재의 모든 인연이 모여
이루어진 하나의 표현일 뿐입니다.

밥 한 숟가락을 먹을 때만 생각해도 그렇습니다.

○ 햇빛과 비, 바람이 없었다면 쌀알 하나도 자라지 못합니다.
○ 농부가 없었다면 우리는 이 밥을 먹는 지금의 상황도 없습니다.
○ 쌀을 옮긴 사람, 음식을 지은 사람, 그릇과 숟가락을 만든
  사람까지.

이 모든 인연이 겹쳐
지금 이 한 숟가락이
우리 입으로 들어옵니다.
'나'라고 부르는 존재 역시
이처럼 셀 수 없이 수많은 조건들이 모여
잠시 이 모습으로 드러난 하나의 파도입니다.

**따로 존재하는 것은 없지만
그렇다고 아예 없는 것도 아닙니다.**
온 우주와 연결된 하나의 움직임으로
살아 숨 쉬고 있을 뿐입니다.

이 깨달음이 주는 자유

'따로 있는 나'가 없다는 깨달음은
여러 가지 장점을 선물합니다.

1. 자의식의 무게가 가벼워진다

지켜야 할 독립된 '나의 이미지'가 없으니
'사람들이 나를 어떻게 볼까?' 하는
불필요한 긴장이 풀립니다.

2. 실수해도 나를 덜 미워하게 된다

실수는 그 순간 여러 인연이 모여 일어난
하나의 사건일 뿐, 독립된 내가 일부러 일으킨 것은 아닙니다.
그래서 '나는 원래 문제 있는 사람'이라는 자기 비난이
점점 힘을 잃습니다.

3. 타인과의 경계가 부드러워진다

나와 세상이 완전히 분리된 존재가 아니라는 걸 느끼면
타인의 기쁨과 슬픔도
내 일처럼 더 가깝게 다가옵니다.
자연스럽게 연민과 감사가 자라납니다.

4. 나를 방어하려 노력하지 않아도 된다

예전까지 누가 내 생각과 달라 비판을 할 때
나도 모르게 나를 방어하려 엄청난 에너지를 썼습니다.
하지만 내 생각이라는 것이 '내' 것이 아니라는 것을
깨달은 순간, 집착이 줄어들면서
쓸데없는 에너지 낭비를 하지 않습니다.

5. 일이 잘되면 감사한 마음이 먼저 올라온다

나 혼자 잘나서 성공한 것이 아니고
온 우주가 서로 연결되어 도움을 주고받으며
뜻한 바가 이루어졌기에 자만하기보다
감사한 마음이 훨씬 큽니다.

오늘 바로 해 볼 수 있는 실험들

이제 이 이해를
머릿속 개념이 아니라
생활 속 경험으로 옮겨 보기 위한
간단한 연습들을 정리해 봅니다.

1. "나" 빼고 말해 보기

하루 동안 의식적으로
"나는, 나를, 내가"를 조금 줄여 봅니다.

○ "나는 화가 나" 대신 "화가 일어나고 있네."
○ "내가 실수했어" 대신 "실수가 일어났네."

말투가 바뀌는 만큼
마음의 무게도 가벼워지는 것을
느껴 보세요.

2. 생각 지켜보기 10분

10분 정도 조용히 앉아
올라오는 생각을
좋고 나쁨을 붙이지 말고
그냥 바라봅니다.

"내가 생각을 만드는가,
아니면 생각이 저절로 일어나는가?"

특히 이런 점을 살펴보세요.

○ 다음 생각이 무엇일지 미리 알 수 있는가?
○ 생각의 출현을 의도적으로 막을 수 있는가?
○ 일어난 생각을 마음대로 즉시 지울 수 있는가?

3. "나는 뭐지?" 질문 건네기
하루에 몇 번, 문득 멈춰 서서
속으로 조용히 물어봅니다.

'지금 이 순간,
이 모든 것을 아는 나는 뭐지?'

회사에서는 직장인의 나,
집에서는 가족의 나,
친구와 있을 때는 친구의 나가
번갈아 달리 나오지만
그 모든 모습을 바라보고 아는
모양 없는 마음을 느껴 봅니다.

4. 식사할 때 연결 느끼기

밥을 먹으며
이 한 숟가락에
얼마나 많은 인연이 담겨 있는지
짧게 떠올려 봅니다.

그 순간
'나 혼자 있는 삶'이라는 느낌이
조금은 풀어지고,
세상과 함께 숨 쉬는 존재라는 감각이
조용히 일어납니다.

심장은 몸과 분리되어
단 한 순간도 따로 존재한 적이 없습니다.
나 또한 세상과 분리되어
단 한 순간도 따로 존재한 적이 없습니다.

감사함을 느끼는 순간
우리는 세상과 연결감을 바로 느껴요.
외롭다고 느끼는 순간
최근 어떤 일이 감사했는지 찾아봐요.

이 글을 마무리하며

이 글의 핵심은
"나는 없다"라는 냉혹한 선언이 아니라

"따로 떨어진, 고정된 나는 없다"는
부드러운 깨달음입니다.

생각과 감정, 몸과 이야기들은
인연을 만나면 일어났다가
인연이 다하면 사라지는 과정입니다.

그 생각과 감정을 따로 소유하고
그 모든 과정들을 진두지휘하는
독립된 주인은
끝내 찾을 수 없습니다.

그러나 바로 그 자리에서
우리는 큰 자유를 발견합니다.

우리는 언제나
온 우주와 분리된 적이 없었고,
무수하게 많은 인연들의 모임으로
지금 이 몸과 마음으로
삶을 표현하고 있을 뿐이라는 사실입니다.

이제부터는
이 이야기를 조금 다른 각도에서 이어 가려 합니다.
관찰되는 것과 관찰하는 것의 차이를 통해,
말과 생각으로는 붙잡을 수 없는
그 조용한 자리,
관찰될 수 없는 '나'에 대해
함께 더 깊이 살펴보겠습니다.

파도라는 말은
바다를 사람이 편의상 나누어 붙인 이름일 뿐,
실제로 따로 떨어져 존재하는 파도는 없습니다.

나라는 존재 또한
세상과 분리된 어떤 실체라기보다 인간이
인위적으로 이름 붙여 만들어 낸 구분일 뿐입니다.

자신을 분리된 작은 파도라고 여길 때는
삶에서 일어나는 작은 일마다 마음이 흔들리지만,
자신이 본래 바다 전체임을 깨닫게 되면

인생에 그 어떤 파도가 일어나도
근본은 늘 변함이 없다는 사실에
마음이 놓이고 깊은 안정감이 찾아옵니다.

11
관찰되는 것은 내가 아니다

보이는 모든 것은 대상, 보는 것이 나

우리가 몸, 생각, 감정, 살아온 이야기와 같이
평소 나라고 동일시하는 것들은
한 가지 공통점이 있습니다.
바로 그 모든 것이 **관찰되는 대상**이라는 사실입니다.

생각의 내용이 관찰되고,
감정의 내용도 관찰되고,
몸 생김새와 감각들도 다 관찰됩니다.

그렇다면
관찰되는 것은
정말로 '나'일 수 있을까요?
관찰되는 대상이 아니고
관찰하고 있는 것이
진정한 '나'가 아닐까요?

이번에는
이 질문을 따라
한 발짝 더 깊이 들어가 보려 합니다.

우리는 보이는 것을 가지고 나를 정의해 왔다

우리는 보통
눈에 보이거나
마음으로 관찰되는 대상들을 가지고
'나'라고 설명합니다.

"나는 이런 얼굴, 이런 몸을 가지고 있어."
"나는 이런 성격, 이런 생각을 가진 사람이야."
"나는 이런 과거와 이런 직업을 가진 사람이야."

이 말들은 모두
어떤 특징이나 이야기, 모습들을
나라고 설명하는 방식입니다.

하지만 잘 생각해 보면
우리는 컵이나 의자를 가리키며
"이게 나야"라고 하지는 않습니다.

왜 그럴까요?

너무 당연해서 묻지 않았던 이 질문 속에
중요한 힌트가 숨어 있습니다.

우리는 컵을 보면
컵이 '보이는 것'이라는 사실을 압니다.
내가 컵을 보고 있으니
컵은 관찰되는 대상이고
보는 쪽은 나라는 것을 자연스럽게 알고 있는 것입니다.

관찰되는 것은 모두 대상이다

이제 이 기준을
조금 더 넓게 적용해 봅시다.

거울 속에 비친 내 얼굴을 볼 때
그 얼굴 역시 '보이는 것'입니다.
따라서 거울 속의 모습은
보는 나라는 주체가 아니라,
주체가 바라보는 대상입니다.

몸에서 느껴지는 감각도 마찬가지입니다.
어깨가 뻐근한 느낌,
가슴이 답답한 느낌,
배가 편안한 느낌은
모두 '느껴지는 것'입니다.

느껴지는 것이 있다는 것은
그것을 느끼는 '나'가
또 있다는 뜻입니다.

생각과 감정도
조금만 주의를 기울이면
'일어나고 있는 것'임을 알 수 있습니다.

불안한 생각이 스쳐 갈 때
'지금 이런 생각이 올라오는구나' 하고 알 수 있고,
서운함이 올라올 때
'지금 마음이 서운하구나' 하고 알 수 있습니다.

알 수 있다는 것은
그 생각과 감정 역시
알려지는 대상이라는 뜻입니다.

이렇게 살펴보면
몸, 감각, 생각, 감정, 기억, 이미지까지
모두 관찰될 수 있는 것들입니다.
그렇다면 이 모든 것은 대상입니다.

대상이 나일 수는 없습니다.
그 대상들을 아는 그 무엇,
즉 **관찰하는 자가 진짜 나**이지
어떻게 관찰되는 대상들을 나라고 할 수가 있을까요?

그렇다면 관찰하는 나는 무엇인가

여기에서 자연스럽게 질문이 생깁니다.

"그렇다면 관찰하고 있는 나는 도대체 무엇일까?"

이 질문을 진심으로 붙들고
조용히 안으로 향해 보면
흥미로운 일이 일어납니다.

우리가 '나'를 찾기 위해
안쪽을 들여다볼수록
우리가 포착할 수 있는 것들은
여전히 또 다른 대상들뿐입니다.

몸의 감각,
떠오르는 생각,
미묘한 감정,
그것을 설명하려는 말들….

조금 더 깊이 들어가 보면
심지어 '나'를 찾으려는 노력 자체도
알려지는 하나의 움직임으로 보입니다.

그렇다면
알아차리는 나는
도대체 어디에 있을까요?

미묘한 언어나 어떤 형태로 잡으려고 해도
그것이 무엇인지 그 이미지를 떠올리려 해도
결국 대상이 되어 버리기에 맞지 않습니다.

그래서 이것을
마음이다, 의식이다, 신성이다,
부처다, 공이다, 텅 빔이다
여러 가지 심리적, 철학적,
영성적인 말로 부르려 하지만
이 모든 단어는
결국 또 하나의 대상,
또 하나의 개념일 뿐입니다.

관찰될 수 있는 순간
이름이 있는 모든 것들은
그것이 눈에 보이든, 보이지 않는 개념이든
그 일체가 **나에게 알려지는**
대상이 되기 때문입니다.

관찰될 수 없지만 분명히 살아 있는 나

그렇다면 이렇게 물을 수 있습니다.

"관찰될 수 없고,
어떤 말로도 정확히 설명할 수 없다면
나라는 것이 정말 있는 걸까?"

여기서 한번
아주 단순한 사실을 떠올려 봅니다.

지금 이 글을 읽고 있는 나,
문장을 이해하고
동의를 하거나 고개를 갸웃하고 있는 나,
가끔은 숨을 들이쉬고 내쉬는 것을 아는 나,

이 모든 경험의 한가운데에서
'지금 내가 여기 있다'는 사실은
분명히 존재합니다.

이 사실은
거울 속의 얼굴처럼
바깥에서 볼 수 있는 것도 아니고,
생각처럼 왔다가 사라지는 것도 아닙니다.

그렇다고
어떤 모양이나 특정한 느낌을 가진 것도 아닙니다.

그냥
'있다(being)'는 아무 맛 없는 느낌,
살아 있고 깨어 있다는 사실로만
조용히 드러나 있을 뿐입니다.

볼 수는 없지만
모든 보는 일이 일어나는 자리,

잡을 수는 없지만
모든 잡으려는 움직임이 일어나는 자리,

말로 설명될 수는 없지만
모든 말과 생각이
그 안에서 잠시 피어났다 사라지는 자리.

이 자리는
대상이 아니기에
정확히 "이거다" 하고 붙잡을 수도
설명해 줄 수도 없습니다.

하지만 그렇기 때문에
어떤 상황, 어떤 상태 속에서도
늘 사라지지 않고
함께 있을 수 있습니다.

예시: 종소리와 침묵을 아는 자리

이제 하나의 오래된 이야기로
늘 함께하는 이 지점을 더 분명히 느껴 볼까요?

옛 선사들이
제자를 깨우칠 때 쓰던
선문답 하나입니다.

어느 날,
스승이 제자 앞에서
종을 한 번 칩니다.

"뎅~."

그리고 묻습니다.
"이 종소리가 들리느냐?"

제자가 대답합니다.
"네, 들립니다."

잠시 후
종소리는 완전히 사라지고
공간에는 고요만 남습니다.

스승이 다시 묻습니다.
"그럼, 지금은 들리느냐?"

제자는 잠시 망설이다 말합니다.
"아니요.
소리가 사라졌으니
이제는 들리지 않습니다."

그때
스승이 웃으며 말합니다.

"네가 틀렸다.
소리가 있을 때는
'소리가 있다'는 것을 듣고,
소리가 없을 때는
'소리가 없다'는 것을 듣고 있지 않느냐.
소리는 생겨났다 사라지지만
그것을 듣고 아는 그 자리는
단 한 번도 사라진 적이 없다."

우리는 흔히
소리라는 대상이 사라지면
듣는 나도 멈췄다고 착각합니다.

하지만 정말 그럴까요?

소리가 날 때
'소리가 났다'는 것을 알고,
조용해졌을 때
'지금은 조용하다'는 것을 아는

이 알아차림은
소리가 있든 없든
늘 켜져 있습니다.

생각도 이 종소리와 똑같습니다.

'불안해'라는 생각이 울리면
우리는 그것을 알고,
그 생각이 사라지면
그 뒤의 고요함을 또 알아차립니다.

불안이라는 생각은
왔다가 가지만,
불안이 있을 때도
불안이 사라진 후에도
둘 다 알고 있는 그 자리는
결코 오거나 가지 않습니다.

당신은 종소리가 아닙니다.
당신은 고요함도 아닙니다.
그 소리가 울리고 사라지는 것을
가만히 관찰하면서 아는
변함없는 마음자리입니다.

관찰되는 대상이 내가 아니라는 깨달음이 주는 자유

1) 몸의 고통과 조금 떨어져 있을 수 있습니다.
'내가 아프다'가 아니라
'몸에 통증이 느껴진다'고 볼 때,
고통은 여전히 존재하지만
'나'는 그 고통과 하나의 떡이 되어
완전히 뒤엉켜 버리거나,
'나'를 통증의 희생자로 만들지 않습니다.

2) 불안과 우울에 휩쓸리지 않습니다.
'나는 불안한 사람' 혹은
'나는 우울한 사람'이라는
고정된 정체성으로
감정과 자신을 동일시 하는 대신
'지금 불안이라는 구름이
마음 하늘을 지나가네'라고 보게 됩니다.

3) 실수와 실패가 '나 전체'가 아닙니다.
실패는 하나의 사건일 뿐
나를 정의하는 낙인이 아니라는 사실을
몸으로 느끼게 됩니다.

"실패가 일어났네. 하지만
그 경험을 알고 있는 나는
그 경험에 물들어 있지 않네."

관찰자, 마음, 의식이라는 것도 결국은 대상

여기까지 오면
마음은 다시 질문합니다.

'좋아, 나는 관찰자구나.
나는 알아차리는 의식이야.'

그런데 이 생각조차
잠시 멈추고 바라보면,
또 하나의 사실이 드러납니다.

"'나는 관찰자다'라는 이 생각도
지금 **관찰**되고 있네."

그렇다면
'관찰자'라는 개념도
'알아차리는 의식'도
'모양 없는 마음'도
결국 하나의 생각,
하나의 대상일 뿐입니다.

결국 진짜 나는
어떤 개념으로도
설명될 수 없고
결코 알 수도 없습니다.

왜냐면 말로 붙잡으려는 순간
이미 대상이 되어 버리기 때문입니다.

그래서 선불교 스승들은
"진정한 나는 말이나 생각이
일어나기 이전의 자리"라고 표현합니다.

아무 내용이 없지만,
그렇기에
모든 내용을 품고 있는 자리.

그 자리가 바로
당신이 늘 쓰고 있는 진정한 나이며,
대상이 아니므로 절대로 알 수는 없지만,
동시에 **한 순간도 떠나본 적 없는 자리**입니다.

이 글을 마무리하며

우리는 평생
관찰되는 것들을 모아
"이게 나야" 하고 살아왔습니다.

하지만 조금만 시선을 바꾸면
몸도, 생각도, 감정도, 기억도
모두 나에게 알려지는 대상일 뿐이라는
사실을 조용히 알게 됩니다.

대상이 아닌 나,
관찰될 수 없어서
어떤 말로도 완전히 설명할 수 없는 나,

그러나 지금 이 순간
숨을 쉬고,
이 문장을 읽고,
무언가를 느끼고 있는
살아 있는 존재로서의 나.

우리가 수행을 통해
조금씩 익숙해지는 것은
바로 이 자리입니다.

어떤 경험 속에서도
경험의 내용에만 빠지지 않고
그 경험을 알아차리는 자리로
살며시 돌아오는 연습.

그럴수록
생각이 잠시 쉬고,
이야기가 조용해지는 순간들이 늘어납니다.

그리고 그 고요한 틈 사이로
우리는 아주 자연스럽게
"생각이 쉬면 이미 이 자리에 와 있었네"
라는 진실을 맛보게 됩니다.

등대는
주변 모든 것을 비추지만,
정작 자신을 볼 수는 없습니다.

거울은 항상 세상의 모습을 비추지만
일정한 자기 자신의 모습이 없이
텅 비어 있어요.
거울에 비친 세상 모습은
계속해서 나타나지만
아무런 자취를 남기지 않고
깨끗이 또 사라져요.
끝없는 나타남과 사라짐이 있지만
텅 빈 공간은 계속 남아서
세상을 비추고 있다는 사실을
문득 깨달을 수 있어요.

생각이 쉬는 사이

12

텅 비어 자유롭고
충만한 나

알 수 없기에 어디에도 묶이지 않는 자리

우리는 조금씩 깨닫기 시작했습니다.
몸, 생각, 감정, 기억, 이야기….
우리가 평소 '나'라고 부르던 것들은
모두 관찰될 수 있는 대상이라는 사실.

그리고 그 모든 것을
조용히 알고 있는 어떤 자리가 있다는 사실.

이제 자연스럽게 이런 질문이 생깁니다.

"그렇다면,
그 알고 있는 나는 대체 무엇이고 어디에 있나?"

이 글에서는
그 질문을 따라 조금 더 깊이 들어가 보려 합니다.
조금 철학적으로 느껴질 수 있지만,
실은 우리 모두가 이미 매일같이 살고 있는
아주 친숙한 자리 이야기입니다.
혹시라도 너무 어렵다고 느끼시면
다음으로 넘기셔도 좋고
천천히 반복해서 읽어 보셔도 좋습니다.

진정한 나는 왜 "알 수 없는가"

앞에서 우리는 이렇게 살펴보았습니다.

생각은 관찰됩니다.
감정도 관찰됩니다.
몸의 감각도, 지나온 기억도 관찰됩니다.

그렇다면
관찰되는 것은 모두 대상입니다.
대상이 아닌 것은 지금
관찰하고 있는 그 무엇뿐입니다.

이 지점에서 마음은
또 하나의 습관을 발동합니다.

'그래, 그럼. 나는 관찰자야.'
'나는 알아차리는 의식이야.'

하지만 이 말이 떠오르는 순간
조금만 조용히 들여다보면
흥미로운 사실이 보입니다.

"지금 '나는 관찰자야'라고 하는
생각이 관찰되고 있잖아."

그렇다면
'관찰자'라는 말,
'의식' 혹은 '마음',
'영혼, 본성, 참나'라는 말도
모두 다시 하나의 대상이 됩니다.

그래서 진정한 나는
"이거다" 하고 가리킬 수 없습니다.
가리키는 순간
그것은 곧 알아지는 대상이 되기 때문입니다.

가장 근접한 진실한 표현은
조금 이상하게 들리겠지만
아래와 같습니다.

"진정한 나는
절대로 알 수 없다."

여기서 말하는 "알 수 없다"는 말은
없다는 뜻이 아니라
모양이 있는 물건처럼 쥐거나 흔들거나 알 수 있는
대상이 될 수 없다는 뜻입니다.

그래서 눈에 보이지 않지만,
생각으로 묘사할 수도 없지만,
지금 이 문장을 읽고 아는
'나'는 살아 있습니다.

나는 방 안의 '가구'가 아니라 '방 자체'

이 알 수 없는 자리를
조금 더 쉽게 느껴 보기 위해
방을 떠올려 봅니다.

방 안에는
의자, 테이블, 침대, 이불 같은
여러 가지 가구가 놓여 있습니다.

우리는 보통
가구를 보면서 방을 생각합니다.
하지만 사실
방 자체를 가능하게 하는 것은
의자나 테이블이 아니라
아무것도 없는 텅 빈 공간입니다.

가구들은
왔다가 사라지거나,
배치가 바뀔 수가 있습니다.

그런데 방의 공간은 변하지 않습니다.
모양이 있는 것이 아니니까
부서질 수도 없고 상처를 입을 수도 없습니다.
그 텅 빈 공간을 보면서

"여기서부터 여기까지가 방 공간이야" 하고
딱 잘라 말하기도 참 어렵습니다.
공간의 시작점이나 끝나는 점, 혹은
더 중요하거나 덜 중요한 점도 없습니다.
그저 텅 빈 공간은 **평등하게**
모든 가구를 **받아들일 뿐**입니다.

우리 안의 진정한 나도 이와 비슷합니다.

기분이 좋아졌다가 나빠졌다가,
생각이 요란하다가 고요했다가,
역할이 늘었다가 줄었다가,
관계가 생겼다가 사라집니다.

이 모든 것은
방 안을 오가는 가구들처럼
왔다가 가는 대상들입니다.

하지만 그 모든 것을
알고 있는 자리는
방의 빈 공간처럼
어떤 모양도, 내용도, 색깔도 없습니다.

나는 '슬픔'이라는 테이블도 아니고,
'회사원'이라는 책상도 아니고,
'엄마, 아빠'라는 역할의 의자도 아닙니다.

그 모든 가구들이
잠시 머무를 수 있도록
조용히 자리를 내주는
방 전체입니다.

이것이
"진정한 나는 아무 내용이 없다"라는 말의 의미입니다.
비어 있기 때문에
어떤 내용에도 매이지 않고,
어떤 특정 가구와도 같은 존재라고
자신을 쪼그라트려 동일시하지도 않습니다.

아무것에도 동일시하지 않을 때 오는 자유

방이 '나는 테이블이야'라고 착각하면
테이블이 옮겨지거나, 옮기면서 상처를 입으면
방도 따라 흔들릴 것입니다.

"나는 이 회사의 과장이야."
"나는 원래 건강한 사람이야."
"나는 원래 쾌활한 성격이야."

이렇게 자신을 가구와 동일시하면
가구가 조금만 움직이는 상황이 오면
나 전체가 흔들리는 것처럼 느껴집니다.

반대로 방이 스스로를
'나는 이 공간 전체이지 작은 가구가 아니야'
하고 안다면, 그 안에 어떤 가구가 들어오든
아니면 어떤 가구가 나가든
흔들리지 않습니다.

우리도 마찬가지입니다.
수입이 늘 수도 있고 줄 수도 있습니다.
관계가 가까워졌다가 멀어질 수도 있습니다.
쾌활할 수도 있고, 어느 땐 우울할 수도 있습니다.

어느 날은 몸 상태가 좋고
어느 날은 아플 수도 있습니다.

하지만 진정한 나는
이 모든 변화를
조용히 알고 있을 뿐입니다.

그 어떤 가구도
방 자체를 좁게 만들 수 없듯,
그 어떤 사건도
나의 본질을 작게 만들 수 없습니다.

이것이
**"텅 비어 있기 때문에
모든 것에서 자유롭다"**는 말의
조금 더 생활적인 뜻입니다.

아무리 무서운 것이 들어와도 상처받지 않는 자리

"그래도 현실의 고통은 너무 큰데
정말 안전한 자리가 있나요?"

이 질문은 아주 정직한 질문입니다.

여기서 우리는
조금 과감한 상상을 해 봅니다.

빈방 안에
호랑이 한 마리가 들어왔다고 해 봅시다.
방 안의 사람과 물건들은
당연히 위험합니다.

하지만
방의 공간 자체는
호랑이에게 물릴 수가 없습니다.
호랑이가 아무리 으르렁거려도
공간은 그대로입니다.

TV 화면도 그렇습니다.

화면에서는
전쟁 장면도 나오고

눈물 나는 드라마도 나오고
무서운 공포 영화도 나옵니다.

하지만 화면 자체는
겁먹거나 슬프지 않습니다.
영화 속 주인공이 다친다고 해서
브라운관 화면이 찢어지지 않습니다.

우리 안의 진정한 나도 이와 같습니다.

삶에는
병이 찾아올 수도 있고,
실패가 올 수도 있고,
사랑하는 사람과의 이별이
갑자기 다가올 수도 있습니다.

그때 우리의 몸과 마음은
당연히 아픕니다.
눈물이 나고,
밤새 뒤척이기도 합니다.

그러나 이 모든 경험을
알고 있는 자리,
즉 '지금 이렇게 아프구나' 하고

조용히 알아차리는 그 자리는
방 공간이 호랑이에게 물릴 수 없듯
항상 안전해서 안심이 됩니다.

몸은 늙어도
속으로는 여전히
이팔청춘처럼 느껴질 때가 있습니다.
몸이 언젠가 죽을 거라는 사실을 알면서도
왠지 '몸이 죽어도 나는 완전히
사라지지 않을 것 같다'는
막연한 느낌이 있습니다.

왜냐면
우리는 깊은 곳에서
진정한 나는 죽지 않고
불생불멸한다는 사실을
어렴풋이 느끼기 때문입니다.

텅 빈 공간은
태어난 적이 없으니
죽을 일도 없습니다.
화면은 영화 상영보다 먼저 있었고
영화가 끝난 뒤에도 그대로 남습니다.

우리의 이 자리도
그와 같습니다.

"나는 어디에 있을까?"라는 마지막 질문

지금까지는
"나는 대상이 아니다"라는 이야기를 했습니다.

그러면 다음 질문이 생깁니다.

"그렇다면 그 나는 도대체 어디에 있을까?
내 몸 안 어딘가에 있을까?"

우리는 보통
나라는 존재가
몸 피부선 안쪽에 있다고 배웠습니다.
그래서 무의식중에
'이 피부 안은 나,
피부 밖은 세상'이라고
나누어 생각합니다.

하지만 몸 역시
느껴지고 보이는 대상입니다.
몸의 감각을 느끼는 무엇,
몸이 늙어가는 것을 아는 무엇은
어떤 경계선 안에 들어 있는것이 아닙니다.

다시 방의 비유로 돌아와 봅니다.

어느 날, 방 안이
갑자기 "나는 누구지?" 하고
질문을 던졌다고 상상해 봅시다.

그러다 방을 한참 둘러보더니
한 구석을 가리키며 말합니다.

"저 구석이 진짜 나인가?"

하지만 생각해 보면
그 구석만 방이 아니죠.
천장과 바닥, 네 벽과 공기,
보이는 전체가 다 방입니다.

방은 어딘가 한정된 장소에
딱 박혀 있는 실체가 아니라
그 안에 일어나는 모든 것을
동시에 품고 있는
넓은 전체입니다.

우리 안의 진정한 나도 이와 같습니다.
어딘가 한 점,
가슴 한가운데나
눈 뒤, 아니면 뇌 한가운데
콩알만 한 실체로 내가 있는 것이 아니라

눈앞의 이 글자,
창밖의 나무와 건물,
옆 방에서 들려오는 소리,
지금 마음에 일어나는 생각과 감정들까지

그 모든 것을
동시에 알고 있는
넓은 전체입니다.

그래서 옛 스승들은
이 자리를
"텅 비어 있지만
온 세상으로 가득 차 있다"라고 해서
"텅 빈 충만"이라고 표현했습니다.

비어 있기 때문에
어디에도 고정되어 있지 않고,
가득 차 있기 때문에
어디를 보든 늘 함께 있습니다.

어디에도 찾을 수 없기 때문에
놀랍게도 어디에서나
지금 이렇게 찾을 수 있는 자리.

지금 여기서 살짝 맛보는 연습

이제 이 이야기를 이해하려 애쓰지 말고
잠시 직접 느껴 보는 쪽으로 방향을 돌려 봅니다.
딱 5분이면 충분합니다.

1.
지금 몸에서
가장 피로가 느껴지는 곳 하나를 찾아봅니다.
어깨일 수도 있고, 허리나 종아리일 수도 있습니다.

그 부위에 잠시 주의를 두고
몸의 감각을 그냥 느껴 봅니다.
욱신거림, 뻐근함, 묵직함 같은
어떤 감각이 느껴지나요?

그 감각을 바꾸려 하지 말고,
좋다 나쁘다 판단하지도 말고,
그저
'아, 지금 이런 감각이 있구나' 하고
알아차려 봅니다.

2.
이번에는 시선을
몸 밖으로 옮겨 봅니다.
지금 들리는 소리 하나를 선택해 봅니다.

차 소리일 수도 있고,
에어컨 소리, 음악 소리, 대화 소리,
컴퓨터가 돌아가는 소리일 수도 있습니다.

그 소리에
의미를 붙이지 말고,
소리가 지금 '들린다'는 사실을
그냥 알아차립니다.

3.
이제
몸 안의 감각을 아는 앎과
몸 밖의 소리를 아는 앎 사이를
천천히 오가 봅니다.

어깨의 뻐근함을 느끼고,
다시 소리를 느끼고,
또 몸 감각으로 돌아왔다가
다시 몸 밖 소리를 느끼고.

이때
이 둘을 아는 앎이
몸 안과 몸 밖을 오갈 때
어떤 벽이나 막, 커튼 같은
경계선을 통과하던가요?
아니면 그런 구분 없이
그냥 하나의 아는 마음이

자유롭게 이 두 사이를
왔다 갔다 하나요?

4.

조금 더 조용히 살펴봅니다.
몸 안 감각을 아는 앎과
몸 밖 소리를 아는 앎이
서로 나누어져 다른 둘일까요?

아니면
하나의 같은 앎이
감각도 알고, 소리도 알고 있는 걸까요?

우리가 흔히
'몸 안은 나, 저 밖은 세상'이라
나누어 구분한 경계가
실제 경험에서는 찾을 수 없구나 하는
느낌이 조금이라도 드나요?
생각을 하면 나와 세상은 구분되지만
실제 정말 그러한지를 느껴 보면
둘을 나누는 막이나 벽이 그 사이에
존재하지 않다는 사실을 깨달을 수 있습니다.

5.

가능하다면
범위를 조금 더 넓혀 봅니다.

이 하나의 앎이
몸의 감각만 아는 것이 아니라
눈앞의 글자,
창밖의 나무,
하늘의 구름,
멀리 있는 은하수까지
모두 동시에 알고 있습니다.
우주 안에서 알 수 있는 그 모든 것들에
나뉘어 있지 않는 하나의 앎이 함께 합니다.

6.
이 아는 마음은
모양이 있나요?
크기나 색깔이 있나요?
테두리가 있나요?
시작점과 끝점이 있나요?
한계가 있나요?

붙잡을 수는 없지만,
분명히
지금 이 순간
모든 것을 알고 있는
살아 있는 아는 마음은
온 세상 안에 충만합니다.

마음이 몸 안에 갇혀
세상을 바라보는 줄 알았는데,
실제는 세상이 마음 안에 들어와 있어
그 모든 것을 알아차리고 있던 것이네.
세상과 마음이 둘인 줄 알았는데,
깊이 보니 본래 하나였었네.

나라는 한 생각이 일어나면
세상과 분리된 내가 따로 있는 듯 보이지만,
나라는 한 생각이 사라지면
하나의 실상만이 홀로 환하게 드러나 있네.

이 글을 마무리하며

이번 이야기를
아주 간단하게 정리하면 이렇습니다.

첫째,
관찰될 수 있는 것은 모두 대상입니다.
몸, 감정, 생각, 기억,
심지어
'나는 관찰자야'라는 생각마저
모두 알아지는 대상입니다.

둘째,
진정한 나는
대상이 될 수 없기에
어떤 말이나 개념으로도
정확히 묘사할 수 없습니다.
가장 가까운 표현을 고르자면
"절대로 알 수 없지만
늘 이렇게 알고 있는 자리"입니다.

셋째,
이 자리는
그 어떤 것과도 동일시되지 않기에
근원적으로 자유롭습니다.
역할이 바뀌어도,
감정이 흔들려도,
이야기가 무너져도
이 자리는 일체로부터 자유롭습니다.

넷째,
이 자리는
삶에서 일어나는 어떤 사건도
직접적으로 상처 입힐 수 없는
본질적으로 안전한 자리입니다.
몸과 마음은 아플 수 있지만,
그 아픔을 아는 자리는
아픔에 물들어 있지 않습니다.

다섯째,
이 자리는
몸 안에 갇힌 어떤 한 점이 아니라
지금 이 순간 일어나는
모든 경험 전체를
동시에 품고 아는
무한히 넓은 공간과도 같습니다.
그래서 스승들은
이 자리를
"텅 비어 있으면서도
온 세상 가득 충만하다"고 말해 왔습니다.

혹시
조금 어렵게 느껴지더라도
걱정하지 않으셔도 됩니다.
지금 당장 말로 정리되지 않아도
괜찮습니다.

아주 미세하게라도
'아, 이런 쪽을 말하는 거구나' 하는
감이 생겼다면
그걸로 충분합니다.

이 자리는
우리가 새로 만들어야 할
특별한 상태가 아니라,
태어나서 단 한 순간도
떠나본 적 없는
가장 익숙한 자리이기 때문입니다.

다음 장에서는
우리가 이 자리를
괜히 어렵게 느껴 왔던 이유,
깨달음에 대해
그동안 쌓여온 여러 오해들을
하나씩 풀어 보려 합니다.

본래 쉬운 것이
어떻게 이렇게 어려워졌는지,
그 실타래를
함께 천천히 풀어가 보겠습니다.

두려움

바다에 이르기 전,
강은 두려움에 떤다고 합니다.
산의 봉우리에서 시작해 숲과 마을을 지나,
굽이굽이 긴 길을 흘러온 자신의 여정을 돌아보며,
이제 눈앞에 펼쳐진 광활한 바다 앞에서
그 안으로 들어가는 순간
모든 것이 사라질 것만 같은 두려움에 사로잡힙니다.

그러나 다른 길은 없습니다.
강은 뒤로 돌아갈 수 없습니다.
한 번 흘러온 길을 거슬러 오른다는 것은
누구에게도 허락되지 않습니다.

그래서 강은 결국
그 두려움을 안고 바다로 나아갑니다.
그 안으로 들어가 보지 않고서는
두려움이 사라지지 않기 때문입니다.

그리고 마침내 깨닫습니다.
강, 자신이 사라지는 것이 아니라,
스스로 바다가 되는 것임을.

– 칼릴 지브란

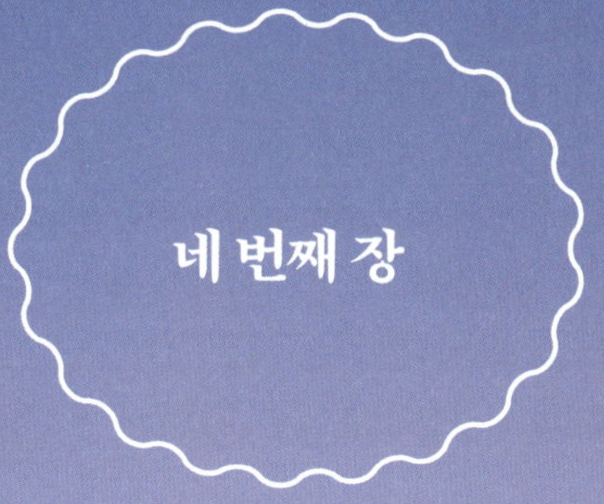
네 번째 장

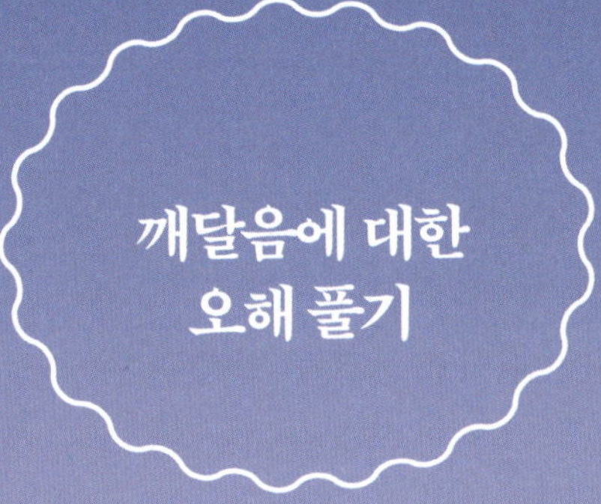
깨달음에 대한
오해 풀기

네 번째 장에 들어가며

_애쓰지 않으면 드러나는 자리

세 번째 장에서는
'나'라고 믿어 온 것들이
사실은 생각과 감정, 이야기의 묶음일 뿐이며
그 모든 것을 알아차리고 있는 자리는
처음부터 변한 적이 없다는 사실을 살펴보았습니다.

이 지점에서 많은 사람들이
또 하나의 질문 앞에 서게 됩니다.

"그렇다면, 나는 어떻게 살아야 할까?"
"이 깨달음은 삶 속에서 무엇을 바꾸어 줄까?"

네 번째 장에서는
이 질문에 대한 답을
어디서 새로 찾아오려 하지 않습니다.
오히려 지금까지 너무 열심히 쥐고 있었던
'되어야 한다'는 마음,
'고쳐야 한다'는 압박을
조용히 내려놓는 자리입니다.

우리는 흔히
깨달음이란 노력의 끝에서 얻어지는
어떤 결과라고 생각합니다.
하지만 앞의 여정을 따라오며
이미 느꼈듯이,
진정한 자유는
무언가를 더 이루었을 때가 아니라
애쓰던 손이 풀릴 때 드러납니다.

네 번째 장에서는
깨달음을 향한 노력이
어떻게 또 다른 짐이 될 수 있는지,
그리고 그 짐을 내려놓을 때
삶이 얼마나 자연스럽게 흘러가기 시작하는지를
천천히 살펴보려 합니다.

이 글을 읽는 동안
더 나아지려 애쓰지 않아도 괜찮습니다.
이미 여기 있는 자리에서
무엇이 늘 함께 있었는지를
그저 알아차려 보기만 하면 충분합니다.

13
괴롭고 시끄러워도 늘 밝다

깨달음을 '좋은 상태'로 착각할 때 생기는 오해

수행을 시작한 많은 사람들은
깨닫고 나면 마음이 늘 고요하고
평온한 상태일 것이라고 상상합니다.
그래서 명상 중에 망상이 줄어들고
마음이 조금 편안해지는 날이면
'오늘은 수행이 잘 된다'고 느낍니다.

반대로 마음이 시끄럽고
걱정과 불안, 잡념이 많아지는 날이면
"오늘은 영 아니다"
"아직 갈 길이 멀다"라며
수행이 잘못되고 있다고 판단합니다.

하지만 여기에는
깨달음에 대한 아주 흔하면서도
깊은 오해가 숨어 있습니다.
바로 깨달음을
어떤 **특정한 심리** 상태와
동일시하는 오류입니다.

왜 이런 오해가 생길까?

우리는 평생을
기분이 좋으면 잘된 하루,
기분이 나쁘면 실패한 하루라고
느끼면서 살아왔습니다.
그래서 수행에서도
자연스럽게 같은 기준을 적용합니다.

고요하면 옳고,
시끄러우면 틀렸다고 여깁니다.
편안하면 깨달음에 가깝고,
괴로우면 멀어졌다고 느낍니다.

하지만 심리 상태는
본래 오르고 내리는 것입니다.
고요함도 머물다 떠나고,
불안도 나타났다가 사라집니다.
만약 깨달음이
특정 상태에 달려 있다면
그 깨달음 또한
상태가 바뀔 때마다
함께 흔들릴 수밖에 없습니다.

깨달음에서 달라지는 것은 '상태'가 아니다

공부가 깊어질수록
점점 분명해지는 사실이 하나 있습니다.
깨달음을 통해 일어나는 변화의 핵심은
마음이 고요해지는 것이 아니라,
마음을 바라보는 **안목이 바뀌는 것**이라는 점입니다.

이 안목이란
좋은 마음을 더 오래 붙잡는 기술이 아니라,
고요하든 시끄럽든
그 모든 상태가
한 마음의 작용임을 분명히 보는 눈입니다.

예시: 악몽에서 벗어나는 두 가지 방식

악몽을 꿀 때
그 괴로움에서 벗어나는 방법은
두 가지가 있습니다.
하나는
무서운 꿈이
즐거운 꿈으로 바뀌기를 바라는 것입니다.
하지만 이 방법은 늘 불안합니다.
언제든 다시 악몽이 시작될 수 있기 때문입니다.

다른 하나는
'아, 이건 꿈이구나' 하고
알아차리는 순간입니다.
그때는 꿈의 내용이 어떻든
더 이상 붙잡히지 않습니다.
무서운 장면이 이어져도
마음은 이미 자유롭습니다.

깨달음에서 말하는 안목의 변화는
이 두 번째와 닮아 있습니다.
마음의 내용을 바꾸는 것이 아니라
그 모든 내용이
마음의 한 작용일 뿐임을
뚜렷이 보는 것입니다.

시끄러운 마음도 마음 바깥에 있지 않다

마음이 고요할 때만 수행이고
생각이 많을 때는 수행이 아니라면,
수행은 하루 중 아주 짧은 시간만
가능한 것이 되고 맙니다.

하지만 **안목이 바뀌면**
이 구분이 서서히 사라집니다.
생각이 많을 때도
'아, 이런 생각이 일어나고 있구나.'
불안이 클 때도
'아, 불안이 이렇게 움직이고 있구나.'

그렇게 볼 수 있는 순간,
마음의 상태와 상관없이
우리는 이미 그 자리에 서 있습니다.

고요한 날도,
혼란스러운 날도
모두 바다 위에 이는 파도일 뿐,
바다는 그로 인해
조금도 손상되거나 혼란스럽지 않습니다.

예시: 공사장의 굴착기 소리

제가 아는 한 스님께서
큰 결심을 하고 어느 산사로 들어갔다고 합니다.
마음도 다잡고,
'이번엔 제대로 앉아 보자' 하고 말이지요.

그런데 하필이면
바로 옆 이웃이 공사를 하기 시작했습니다.

"드르륵…, 쾅쾅!"

굴착기 소리가 날 때마다
그의 마음은 함께 요동쳤습니다.

'아, 망했다.'
'오늘 수행은 다 틀렸네.'
'이 소리 때문에 집중을 할 수가 없어.'

그는
소리가 사라져야만
고요한 마음을 찾을 수 있다고 믿고 있었습니다.

한 시간쯤 지나
문득 그는 피식 웃고 말았습니다.

"가만 보니…."

저 굴착기 소리가
시끄럽다는 걸 알고 있는 이 자리는
전혀 시끄럽지 않다는 걸 알아차린 것입니다.

소리는 요란하게 왔다 갔지만,
그 소리를 듣고 있는 마음의 자리만큼은
한 번도 흐트러진 적이 없었습니다.

그는 그제야 이해했습니다.

문제가 된 것은
소리가 아니었고,
시끄러움이 사라지지 않았기 때문도 아니었으며,

'고요해야만 깨달음이다'라는
자기 생각이었습니다.

고요하건 시끄럽건 늘 변함없는 자리

우리는 자주
깨달음을 하나의 이상적인 상태로 착각합니다.

조용해야 하고,
평온해야 하고,
아무 생각이 없어야 한다고 말이지요.

하지만 항상 깨어서 아는 마음은
마음의 상태에 따라
변하거나 없어지지 않습니다.

고요할 때도
시끄러울 때도

생각이 있을 때도
생각이 없을 때도

그 모든 것을
자기 소리 없이
그저 다 알 뿐입니다.

소리가 사라져야 나타나는 것이 아니라,
소리가 있어도
이미 늘 여기에 있는 이 자리.

그래서 깨달음은
삶에서 도망치는 일이 아니라,
삶 한가운데에서
더 이상 속지 않는 일이 됩니다.

좋은 상태를 추구하지 않아도 되는 자유

깨달음은
마음을 항상 좋은 상태로
유지하는 능력이 아닙니다.
오히려 좋고 나쁨을 가리지 않고
그 모든 상태를
그대로 허용할 수 있게 되는 자유입니다.

그래서 이 안목이 열리면
사람은 점점 덜 긴장합니다.
오늘 고요하지 않아도 괜찮고,
생각이 많아도 길을 잃지 않습니다.

마음이 어떤 모습을 하고 있든
본래의 자리는
항상 변함없이 온전하며
생각이나 감정에 물들지 않는다는 점을
알기 때문입니다.

수행의 목적은
망상이나 불안, 집착이 없는
편안하고 선하며 고요한 상태를
경험하는 데 있지 않습니다.
괴롭고 불안하고 시끄러워도
언제나 이미 자유롭다는 하나의
진실을 알아차리는 데 있습니다.

이 글을 마무리하며

깨달음은
괴롭고 시끄러운 마음을
고요하고 평온한 마음으로
바꿔 주는 기술이 아닙니다.

그보다는
고요함과 소란함,
편안함과 괴로움이
모두 한마음의 다른 얼굴일 뿐임을
분명히 아는 안목의 변화입니다.

이 안목이 자리 잡을수록
마음은 상태에 덜 휘둘리고,
삶은 훨씬 단순해집니다.

평화로움마저
붙잡을 필요가 없어질 때
우리는 비로소
어떤 순간에도
자유롭습니다.

다음에는
이와 연결된 또 하나의 오해,
'특별한 체험이 곧 깨달음이다'라는 생각이
어떻게 다시 우리를
이야기 속 '나'로 데려가는지
함께 살펴보겠습니다.

수행자들은 종종
본래 성품을 상상해서
성스러운 모양의 그림을 그려요.
성스러운 그림은
모양을 떠난 본래 성품이 아닙니다.
지저분하고, 시끄럽고,
짜증 나고, 불안해도
성품은 한 치의 변화가 없이
항상 밝아요!

없었다가 새로 생겨난 것은
아무리 대단한 것이라고 해도
우리가 찾는 것이 아니에요.
항상 우리 앞에 드러나 있는데
그냥 당연하다고 여기면서
간과하고 있었던 것이
찾고 싶었던 바로 그것이에요.

14
눈부신 체험에
속지 말자

특별한 경험은 모양이 다를 뿐, 모두 길은 하나이다

수행을 꾸준히 하다 보면
어느 순간 예상치 못한 경험이 찾아올 때가 있습니다.

몸이 사라진 것 같은 느낌,
내면에서 밝은 빛이 보이는 듯한 체험,
설명하기 어려운 환희와 사랑이 온몸을 휘감는 순간들.

처음에는 이런 경험이 너무 특별해서
'드디어 수행에 진전이 생겼구나' 하고 가슴이 뛰기도 합니다.
자연스럽게 그 순간을 다시 만나고 싶어지고,
그러다 보면 마음 한구석에서
'그때처럼만 다시 느끼고 싶다'는 갈증이 자라기 시작합니다.

많은 수행자가 바로 여기에서
조용한 함정에 빠집니다.

예시: 너무도 무상한 황홀한 체험

제가 아는 한 도반이 들려준 이야기입니다.

그는 명상 수련회에서
마치 천상에 다녀온 듯한 체험을 했다고 했습니다.
세상이 투명하게 빛나 보이고,
마음은 한없이 평온하며,
자신이 부처가 된 것 같은 느낌마저 들었다고 합니다.

그런데 수련회를 마치고
집으로 돌아온 직후,
현관에 어지럽게 흩어진 신발들이 눈에 들어왔습니다.

그 순간,
"누가 신발을 이렇게 벗어 놨어!"라는 말이
저도 모르게 튀어나왔다고 합니다.

놀랍게도
그 한마디와 함께
조금 전까지의 황홀한 체험은
흔적도 없이 사라졌습니다.

그리고 곧 이런 생각이 올라왔다고 합니다.

'아…,
내 깨달음이 겨우
신발 한 짝에 무너지는 가짜였던 건가?'

그는 그 순간
크게 실망했다고 했습니다.
"이렇게 쉽게 흔들리는 걸 보니
내가 느낀 건 그냥 착각이었나 보다"라고요.

불꽃을 품고 있는 밤하늘

하지만 여기에는
아주 흔한 오해가 숨어 있습니다.

우리는 일 년에 한두 번씩 밤하늘에
번쩍이는 불꽃놀이를 보게 됩니다.

불꽃은 화려하지만
반드시 꺼집니다.
반면 밤하늘은 불꽃이 터질 때도,
터지지 않을 때도
늘 그 자리에 있습니다.

수행 중에 나타나는
황홀한 체험은 불꽃놀이와 같고,
진정한 깨달음은
그 불꽃을 품고 있는 밤하늘과 같습니다.

불꽃이 사라졌다고
밤하늘이 사라진 것은 아닙니다.

마찬가지로,
평온한 체험이 지나가고
짜증이나 판단이 올라왔다고 해서
그 자리가 사라진 것이 아닙니다.

해운대 모래 축제에서 배울 수 있는 것

해운대 모래 축제를 떠올려 봅시다.

해변에 가 보면
에펠탑, 피라미드, 광화문 같은 모래 조각들이
정교하게 세워져 있습니다.

멀리서 보면 모래로 만든
세계 여러 유명 건축물의 모양들에
마음을 빼앗기게 됩니다.

하지만 조금 가까이 다가가
손가락으로 살짝 쓸어 내리면
에펠탑도, 피라미드도, 광화문도
결국 전부 똑같은 모래라는 것을 금세 알 수 있습니다.

모양은 다 달라 보이지만,
그 모양을 이루고 있는 재료는 한 가지입니다.
조각이 무너져도 모래는 사라지지 않습니다.
형태만 바뀔 뿐, 바탕은 그대로입니다.

수행 중에 일어나는 특별한 체험도 이와 같습니다.

빛이 보이기도 하고,
몸이 가벼워지기도 하고,
말로 할 수 없는 환희가 일기도 하지만
그 모든 체험은
결국 한 가지 바탕인 **'마음'** 모래가
잠시 다른 모양으로 나타났다가 사라진 것뿐입니다.

신비한 체험은 모래로 만든 조각과 같다

마음의 집중이 깊어지면
감각과 지각이 평소와 다르게 느껴질 수 있습니다.
그러면서 평소와는 다른 어떤 특별한
내면의 체험을 할 수 있습니다.
수행자들 사이에서는 이런 경험들을
'경계 체험'이라고 합니다.

이런 경계 체험의 순간을 맞이하면
마음은 보통 이렇게 생각합니다.
'우아, 이게 깨달음의 징조인가 보다.'

하지만 안타깝게도
경계 체험은 시작과 끝이 항상 있습니다.
즉 영원하지 않고 무상한 것이지요.

더불어, 모래 축제에서
모래 조각이 아무리 화려해도
결국 모래일 뿐인 것처럼,
경계 체험은 마음이 만들어 낸
한때의 모양일 뿐입니다.

문제는 그 모양을
'특별한 증거'로 해석하고
그 마음의 모양을 다시 만들려고
애쓰는 마음입니다.

모래 조각의 모양을 지키려 하고
파도로 인해 조금만 흩어져도 불안해하는 사람은
정작 그 아래에 있는 넉넉한
모래의 성질을 보지 못합니다.

수행자도 마찬가지입니다.
한 번 강렬한 체험을 하면
그 느낌을 깨달음의 기준으로 삼고
'오늘은 왜 그때처럼 체험이 깊지 않을까'
'왜 예전 같은 환희가 오지 않을까' 하고
자기 수행을 평가하기 시작합니다.

그 순간 명상은 우리에게
조건 없는 자유를 가져다주는 시간이 아니라
과거의 모양을 재현해야 하는 숙제가 됩니다.

생각이 쉬는 사이

'체험 중독'이 만드는 고단함

저 역시도 한때 아주 강렬한 지복감을 경험한 적이 있습니다.

몸이 가벼워 하늘을 날아갈 것 같은 느낌,
마음이 텅 비어 지극히 평온한 순간,
내면에 빛과 천상의 소리가 들리는 경험,
기도 중에 보현보살님을 직접 친견하는 기쁨.

이 모든 체험들은 정말 아름다웠고,
한동안 그 여운이 길게 남아 있었습니다.

하지만 그다음부터 문제가 시작되었습니다.

'이번 시간에서도 저 경험이 다시 올까?'
'왜 오늘은 그때 같지 않을까?'
'혹시 내가 후퇴한 건 아닐까?'

나는 모르는 사이에
그 체험을 '기준점'으로 삼기 시작했습니다.

그러자 명상은
지금 여기의 나를 만나는 시간이 아니라
과거에 본 모래 조각을
다시 똑같이 만들어야 하는 작업처럼 느껴졌습니다.

이것이 바로 '체험 중독'의 조용한 함정입니다.

드러난 모양보다 모양의 재료를 보는 눈

하루 동안 우리의 몸과 마음은
수없이 다른 모양을 드러냅니다.

기분이 올라갔다가 가라앉고,
생각이 분주했다가 잠잠해지고,
몸이 가볍다가 무거워지기도 합니다.

이 모든 변화를 조금 떨어져서 바라보면
하나의 공통점을 발견하게 됩니다.

이 모든 일들이 마음 밖에서
일어난 일이 아니고
다 마음 안에서 일어났습니다.
즉, 모양은 계속 바뀌지만
그 모양을 만든 원재료는
다 마음이었던 것입니다.

모래 축제의 조각들이
하루가 다르게 변해가도
해변의 모래라는 사실이 변하지 않는 것처럼,
체험의 모양이 아무리 요란해도
그 체험들을 아우르는 마음은
변하거나 사라지지 않습니다.

깨달음은
특별한 조각을 하나 더 세우는 일이 아니라
조각들의 존재를 가능하게 한 모래,
즉 모든 체험의 원재료인 마음을
조용히 깨닫는 것을 말합니다.

붙잡지 않을 때 체험은 제자리로 돌아간다

경계 체험은 붙잡으려 할수록
더 멀어집니다.

'이번에도 그때처럼 되어야 해'라고 움켜쥐는 순간
마음은 긴장하고,
그 긴장이 오히려 체험을 왜곡합니다.

반대로
'지나가는 한 장면일 뿐이구나' 하고 두면
체험은 자연스럽게 흘러가고
남는 것은 그것을 지켜보는 마음자리입니다.

흥미로운 점은
이 마음자리를 더 알아차릴수록
우리는 특별한 체험이 없어도
이미 충분하다는 느낌을 받기 시작한다는 것입니다.

모래 조각이 모두 허물어져도
해변은 여전히 넓고 아름답듯이,
눈부신 체험이 사라져도
마음의 바탕은 조금도 줄어들지 않습니다.

이 글을 마무리하며

경계 체험은 수행의 목적이 아닙니다.

아름답고 신비로운 순간들은
마음이 잠시 보여 주는 모래 조각과 같습니다.
문제는 그 모양을
'깨달음의 증거'로 붙들고
계속 유지하려 하는 마음입니다.

우리가 익혀야 할 것은 마음 상태를 조작해서
특별한 경계 체험을 더 많이 하는 기술이 아니라,
그 모든 체험이 일어났다 사라지는 것을
조용히 지켜보는 마음 공간을 인지하는 것입니다.

깨달음은 눈부신 체험이 아닙니다.
오히려 체험 중독에서 조용히 벗어나는 순간,
구름 모양에 혹하니 빠져 있던 마음이
지금 여기로 돌아와 항상
배경처럼 있는 모양 없는 하늘 전체가
진실된 자기였음을 문득 깨닫게 됩니다.

이제부터는
많은 수행자가 빠지는 또 다른 오해,
'깨달음은 내 노력으로 얻는 것'이라는 생각에 대해
함께 이야기해 보겠습니다.

생각이 쉬는 사이

수행의 과정에서
많은 구도자들이
특이한 경계 체험을 종종 하게 됩니다.
정견이 없으면
특이한 경계 체험을 하고
그 상태를 유지하는 것이
깨달음이라고 착각하게 됩니다.

구름이 사라져야
하늘을 볼 수 있는 줄 알고
수행한다며
생각 구름이 사라지길 바랐는데
밝아지고 보니
구름 자체 그대로가 하늘이었습니다.

15

노력해서
얻는 것이 아니다

'애쓰는 나'를 내려놓을 때 드러나는 진짜 나

앞에서 우리는
'진정한 나'는 이름이나 성격,
과거의 이야기로 규정할 수 없는
무한한 자리라는 사실을 살펴보았습니다.
생각과 감정은 계속 변하지만,
그 변화 전체를 조용히 알아차리고 있는 자리는
늘 그대로라는 점도 함께 보았습니다.

그런데 여기에서
아주 중요한 질문 하나가 자연스럽게 따라옵니다.

"이렇다면, 왜 우리는 수행 앞에서
자꾸 더 애쓰고, 더 잘하려 하고,
더 나아가야 한다고 느끼는 걸까?"

왜 수행 앞에서는 더 애쓰게 될까?

우리는 오래도록
'노력하면 결과가 나온다'는
세계 속에서 살아왔습니다.
공부도, 일도, 관계도
대부분은 애쓴 만큼 성과가
돌아오는 구조입니다.

그래서 수행 앞에서도
아주 자연스럽게 이런 생각이 듭니다.

'명상을 오래 하면 더 깊어지겠지.'
'더 고요해지면 진전이 있는 거겠지.'
'지금 이 상태로는 아직 부족해.'

겉으로 보기에는
성실하고 진지한 태도처럼 보이지만,
이 마음에는 공통된 전제가 하나 숨어 있습니다.

'지금 이대로는 아직 아닌 것 같다.'

잠은 애써서 자는 것이 아니다

잠은 잠이 들려고
내가 노력하면 노력할수록 달아납니다.

'빨리 자야 해.'
'내일 출근하려면 꼭 자야 해.'

이렇게 다짐하며
자세를 고쳐 누이고,
눈을 꼭 감고,
호흡에 집중하려고 애쓸수록
이상하게도 정신은 더 또렷해집니다.

시계 소리는 더 크게 들리고,
작은 생각 하나에도 마음이 바짝 깨어납니다.

잠을 자려고 애쓰는 그 노력 자체가
오히려 잠을 쫓아내는
묘한 역설이 벌어지는 것입니다.

하지만 반대로
잠에 들겠다는 내 의도의 힘을 빼고,
'오늘은 그냥 이 상태로도 괜찮다'고
털썩 내려놓는 순간 어떻게 되나요?

잠은
우리가 부르지 않았는데도
스르르 곁으로 다가옵니다.

깨달음도 그렇고
자유도 역시 그렇습니다.

무언가를 더 얻어서가 아니라,
지금까지 쥐고 있던
추구하는 마음과 저항하는 마음을
둘 다 조용히 내려놓을 때
이미 항상 여기 있던 자유가
눈에 들어오는 것입니다.

애씀의 끝에서 만난 자리

저도 역시 한동안
수행은 애써야 한다고 믿었습니다.
화두를 항상 붙들고,
흐트러짐 없이 버텨야
길이 열린다고 생각했습니다.

왜냐면 정말로 많은 스승들께서
그런 식으로 가르쳐 주셨기 때문입니다.
열심히 노력하고 또 노력해야
화두 공부가 깊어져서
어느 순간에 깨달음을 얻는다고요.

그래서 정말로 온 마음을 다해
화두의 답을 찾고 또 찾고 했습니다.

정말로 고통스럽고 괴로웠습니다.
중간에 그만두고도 싶었습니다.
하지만 조금만 더 밀어붙이면 될 것이라고
스스로에게 말하였습니다.

아직 못 깨달은 것은
너의 노력이 부족해서 그러니까
더욱더 열심히 해서 밀어붙여.

그런데 그 찾음이 끝에 달했던
어느 순간, 정말로 더는
애쓸 힘이 하나도 남지 않았을 때,
저도 모르게 그토록 찾던 힘이
툭 하고 내려놓아졌습니다.

그 순간에야
비로소 분명해졌습니다.

깨달음은
내가 무엇을 더 잘해서 생기는 일이 아니라,
구하고 있던 **추구심을 내려놓았을 때,**
이미 있었던 자리가
스스로 드러난다는 사실이었습니다.

성불은 결코
내가 하는 것이 아닙니다.
이 도리를 깨닫기까지
저는 참 오랜 시간이 걸렸습니다.
나와 전혀 상관없이
완벽하게 이미 깨어 있는 것을
문득 자각할 뿐이지,
거기에 내 노력이 들어가면
정반대로 가게 됩니다.

이 글을 마무리하며

깨달음은
노력의 결과물이 아닙니다.

무언가를 더 쌓는 길이 아니라,
붙잡고 있었던 것들을
하나씩 내려놓는 길입니다.

그리고 그렇게 힘이 빠질 때,
구하는 것을 완전히 멈추었을 때,
진정한 나는
애쓰지 않아도
늘 그 자리에 있었음을
문득 깨닫게 됩니다.

이제
여기서 한 걸음 더 나아가
왜 깨달음은 '열심히 해서 내가 얻는 결과'가 아니라
애초부터 완벽하게 갖추어진 자리를
문득 발견하는 것이라 하는지,
조금 더 깊이 함께 살펴보려 합니다.

마음공부는
도달해야 할 목표가 있어서
그 목표를 향해
애를 쓰는 것이 아니고
목표라는 것이
생각으로 정한 망상임을 보고
목표로 향하면서 분별하던 마음이
지금 여기서 바로
푹 쉬는 것을 말합니다.
뭘 자꾸 더 해서 더 좋은 어떤 상태를
경험해야 할 것 같은
그 마음을 쉬는 것이
진정한 마음공부입니다.
뭔가를 추구하면서 노력하면 더 멀어져요!

16

내가
하는 게 아니다

이미 열려 있던 문 앞에서 한 걸음 물러서기

우리는 보통
깨달음을 나한테 달렸다고 생각합니다.
그래서 내가 뭔가를 해야지
언젠가 '깨달음의 문이 열린다'고 믿습니다.

그래서 마음속에는 늘
이런 문장이 숨어 있습니다.
'아직은 수행이 부족해.'
'조금만 더 하면 깨닫겠지.'
'이 정도로는 어림없어.'

하지만 바로 그 생각이
우리를 가장 오래
문 앞에 서 있게 합니다.

예시 1: 자동문 앞에서 배운 것

한번은
건물 입구에서
문을 아무리 밀어도
꿈쩍도 하지 않았던 적이 있습니다.

몸에 힘을 주고,
두 손으로 문을 밀고,
한 발까지 내디뎠는데도
문은 움직이지 않았습니다.

그제야 알게 되었습니다.
그 문이 자동문이었다는 사실을요.

순간 힘을 빼고
한 걸음 물러서자
문은 스르륵 하고
아무 일도 없었다는 듯
저절로 열렸습니다.

그때 이런 생각이 들었습니다.

'아,
내가 열어서 열린 게 아니었구나.'
'원래부터 열리는 것인데,
내가 꼭 열어야 한다고 생각하면서
막고 있었던 거구나.'

예시 2: 안경을 머리에 올려놓고 찾는 사람

안경을 쓴 채
온 집안을 헤매며
안경을 찾고 있는 사람을
떠올려 봅시다.

책상 위도 보고,
가방도 뒤지고,
소파 밑까지 들여다보지만
아무리 찾아도 나오지 않습니다.

그러다 누군가
이렇게 말합니다.
"머리 위에 있어요."

그 한마디에
안경은
순식간에 드러납니다.

안경은
새로 생긴 것도 아니고,
내가 노력해서 만든 것도 아닙니다.

처음부터
이미
내 머리 위에 **항상 있었던 것**입니다.

깨달음도
바로 이와 같습니다.

수행에 대한 오래된 오해

성불, 깨달음, 해탈.
이 단어들을 떠올리면
우리는 자연스럽게
'내가 도달해야 할 상태'를
상상합니다.

그래서 무언가를
더 해야 한다고 믿습니다.
더 집중해야 하고,
더 오래 앉아야 하고,
더 고요해져야 하고,
더 특별해져야 한다고 말이죠.

하지만 진실은
자동문과
머리 위의 안경과
더 닮아 있습니다.

깨달음은
내가 애써 만들어 내는 결과가 아니라,
'내가 해야 한다'는 생각에서
잠시 물러서는 순간
이미 그 자리에 항상 있어 왔던
알아차리는 마음을 문득 깨닫는 것입니다.

'나'가 개입할수록 더 막힌다

앞에서 우리는
이미 여러 번 확인해 왔습니다.

생각은
내가 만들지 않아도 일어나고,
감정은
내가 조종하지 않아도 생겨나며,
숨조차도
내가 애쓰지 않아도
쉬어집니다.

그런데 왜 유독
깨달음 앞에서만
우리는 이렇게 말할까요?
"이번에는
내가 꼭 해내야 해."

그 믿음이 바로
가장 마지막까지 남아 있는
문지기입니다.

더불어 진정한 자신이 이미
무엇인지 잘 모르기 때문입니다.

예시 3: 이미 가진 것을 모를 때 벌어지는 일

깨달음이 '앞으로 내가 노력해서 얻어야 할 무엇'이라고
느껴지는 이유는, 지금 내가 이미 가진 것을
보지 못하기 때문입니다.
이 점을 아주 잘 보여 주는 이야기가
『법화경』「신해품」의 '가난한 아들' 비유입니다.

어린 나이에 아버지와 헤어져 떠돌던 아들은
수십 년 동안 가난과 방황 속에서 살아갑니다.
그러던 어느 날 우연히 큰 부자의 집 앞을 지나게 되지요.
그 부자는 한눈에 그가 자기 아들임을 알아보지만,
아들은 그 사실을 전혀 몰라 두려움에 도망칩니다.

그래서 부자는 아들을 바로 데려오지 않고
천천히 마음이 편해지도록 여러 방편을 씁니다.
허드렛일부터 맡기고, 신뢰가 쌓이자
점점 더 큰 일을 맡기며 가까이 두고 지켜봅니다.

세월이 흐른 뒤,
아버지는 임종을 앞두고 사람들 앞에서 선언합니다.
"이 사람은 나의 친아들이다. 내 모든 재산을 물려준다."

그제야 아들은 비로소 깨닫습니다.
자신이 **처음부터 부자의 아들**이었다는 사실을요.

이 이야기의 핵심은 단순합니다.
아들은 노력해서 부잣집 아들이 된 것이 아닙니다.
처음부터 그 자리였지만,
스스로가 누구인지 몰라 고생을 한 것뿐입니다.

깨달음도 이와 같습니다.
내가 만들어 내거나 쌓아 올리는 것이 아니라,
처음부터 늘 함께 한 자유롭고도 온전한 자리를
문득 알아차리는 일입니다.

새로 완성되는 것이 아니다

깨달음은
앞으로 완성해야 할 무언가가 아닙니다.
과거에 없던 것이
새로 생기는 사건이나 경험도 아닙니다.

그것은
지금 이 순간에도
이미 작동하고 있는 사실을
다시 알아차리는 일입니다.

생각이 일어났다는 것을
이미 알고 있고,
혼란이 있다는 것을
이미 알고 있으며,
이 글을 읽고 있다는 사실을
이미 알고 있는
그 자리는

한 번도
불완전했던 적이 없었고,
다만
무언가가 되어야 한다는 생각 때문에
보이지 않았을 뿐입니다.

이 글을 마무리하며

깨달음은
내가 성취하는 업적이 아닙니다.
이미 온전하게 완성되어 있음을
알아차리는 일입니다.

자동문 앞에서
한 걸음 물러서자
문이 열렸듯,
머리 위 안경을
더 이상 찾지 않게 되자
안경이 보였듯,

'내가 깨달아야 한다'는
생각에서
잠시 비켜서는 순간,
이미 여기에 있었던 자리가
조용히 드러납니다.

우리는
아직 아무 데도
도착하지 않았고,
동시에 한 번도
이 자리를 떠난 적이 없습니다.

부처는
내가 노력해서
성취하는 것이 아니고
이미 완벽한 부처님을 깨닫는 것이
불교입니다.

구원은
내가 노력해서
얻을 수 있는 것이 아니고
하나님 은혜로 이미 주어진 구원을
깊이 믿고 받아들이는 것이
기독교입니다.

이미 온전하고 자유로운 존재

책을 다 읽고 책장을 덮는 지금,
아마도 삶이 완전히 달라진 느낌은 아닐 수 있습니다.
여전히 해야 할 일은 많고,
사람 사이에서 마음이 흔들릴 때도 있을 것입니다.
가끔은 예전처럼 사소한 말에 상처받고,
괜히 혼자 걱정 속으로 빠져들 때도 있을지 모릅니다.

그럼에도 불구하고, 이 여정을 함께 걸어온 우리의 마음에는
처음과는 조금 다른 자리가 하나 생겼을 가능성이 큽니다.
예전에는 곧바로 '내가 문제야'라고 결론 내렸던 순간에,
잠깐이라도 '아, 지금 마음이 이렇게 반응하는구나' 하고
바라보는 눈이 자라났을 수 있습니다.

사실과 해석을 나눠 보려 하고,
과거의 렌즈를 의식해 보고,
"지금은 아직 잘 모른다"고
말해 보려는 마음이 생겼을지도 모릅니다.
더불어 우리는 '더 나은 나'가
되기 위해 평생 애쓰며 살아왔습니다.
조금 더 인정받고, 조금 덜 흔들리고,
조금 더 단단해지기 위해 자신을 밀어붙였습니다.

하지만 이 책에서 함께 살펴본 것처럼,
진짜 자유는 '완벽한 나'를 만들어내는 데서 오는 것이 아니라,
애써 만들지 않아도 이미 여기 온전하고 자유로운 존재를
알아차리는 데서 시작됩니다.

불교에는
본래성불(本來成佛)이라는 가르침이 있습니다.
언젠가 부처가 되겠다는 약속이 아니라,
'본래부터 부처의 자리에서
단 한 번도 떠난 적이 없었구나' 하는 **발견**입니다.

기독교에도 이와 깊이 맞닿은 가르침이 있습니다.
"하나님은 내가 태어나기도 전부터
이미 나를 사랑하셨다"는 구원의 선언입니다.
우리가 노력해야 하나님의 사랑을 받는 것이 아니라,
이미 항상 사랑 안에 있었기에
삶이 다시 열리기 시작한다는 이야기입니다.

두 전통은
서로 다른 언어를 쓰고 있지만
같은 자리를 가리킵니다.

깨달음이나 사랑은
내가 애써 얻어내는 결과가 아니라,
이미 늘 여기 있었지만
너무 바쁘게 달리느라
보지 못했던 자리를
문득 알아차리는 일입니다.

불안이 올라오는 순간에도,
분노와 슬픔이 마음을 뒤덮는 순간에도,
그 모든 것을 조용히 아는 자리는
한 번도 다치거나 물들지 않았고
한 번도 더 완성되기를 기다린 적이 없습니다.

생각이 쉬는 그 짧은 **사이**,
이미 온전한 내가 얼굴을 드러냅니다.
우리의 가장 어두운 생각까지도,
가장 혼란스러운 감정까지도
그대로 담아낼 수 있는
넓고 무한히 살아있는 마음 공간.
그것이 바로 당신의 본래 모습입니다.

삶의 파도가 거셀수록
폭풍우가 찾아와 하늘이 어두워질수록
이 사실은 더 선명해집니다.
당신은 파도가 아니라 바다 전체입니다.
폭풍우 날씨가 아니라 변함없는 하늘입니다.

바다는 거친 파도를 무서워하지 않습니다.
하늘은 천둥 벼락을 두려워하지 않습니다.
세상에 어떤 예상하지 못한 일들이 일어나도
무한한 마음 공간은 다치거나 사라지지 않습니다.

이 책의 모든 문장은
이제 조용히 당신 곁을 떠납니다.

이 문장들은
이쪽 강가에서 저쪽 강가로 건너도록
잠시 당신을 실어 나른 작은 배와 같습니다.

강을 건넌 뒤에는
배를 머리에 이고 갈 필요가 없듯,
이 글들도 모두 내려놓으세요.

이제는
큰 두려움 없이
이 삶을 재미있고 의미 있게 살아 내세요.
지금 여기가 바로 그 자리입니다.

여러분을 항상 응원합니다.
혜민 두 손 모아

● 고담선원에서 진행되는 『법화경』 독송 기도와
　마음공부에 참여를 원하시는 분은
　010-8943-8767로 문자 메시지를
　남기시면 안내를 받으실 수 있습니다

이미 온전한 나의 발견

생각이 쉬는 사이

ⓒ 혜민, 2026

2026년 4월 8일 초판 1쇄 발행

지은이 혜민
발행인 박상근(至弘) • 편집인 류지호 • 부사장 양동민
책임편집 최호승 • 편집 김재호, 양민호, 김소영, 이란희, 정유리, 이진우 • 디자인 쿠담디자인
제작 김명환 • 마케팅 김대현, 김대우, 이선호, 류지수 • 관리 윤정안
콘텐츠국 유권준
펴낸 곳 불광출판사 (03169) 서울시 종로구 사직로10길 17 인왕빌딩 301호
    대표전화 02)420-3200 편집부 02)420-3300 팩시밀리 02)420-3400
    출판등록 제300-2009-130호(1979. 10. 10.)

ISBN 979-11-7261-260-3 (03810)

값 19,800원